エノク第二部隊の
遠征ごはん
文庫版
2

囚われの幻獣
鷹獅子役
アメリア
成金貴族令嬢の
お付き役
ガル・ガル
成金貴族令嬢役
リーゼロッテ・リヒテンベルガー
第二遠征部隊、
潜入調査へ！

奴隷商の
護衛剣士役
ザラ・アート
奴隷商役
クロウ・ルードティンク
奴隷商の腰巾着役
ジュン・ウルガス
囚われの
奴隷エルフ役
メル・リスリス
傭兵役
アンナ・ベルリー

アメリアが嬉しそうに
湯船で犬かきをしていた。
リーゼロッテは目を見開き、
精霊泉を手のひらに掬っている。
「すごいわ、これ……」
「ええ、本当に」
ベルリー副隊長は頭の上に手拭いを載せ、
くつろいだ姿でいる。
精霊泉は浸かっているとじわじわ体が温まり、
疲れが湯に溶けてなくなるようだった。
「なんか、夜もよく眠れそうです」
「だな」

エノク第二部隊の遠征ごはん
文庫版
②

著：江本マシメサ
イラスト：赤井てら

GCN文庫

CONTENTS

リスリス衛生兵とパン

森の奥地にあるフォレ・エルフの森から、王都にやって来て早数ヶ月。だんだん仕事にも慣れてきた。最初は遠征なんて絶対絶対無理！　と思った。けれど、意外なところで森暮らしの知識が役に立ったり、自分にできることを行って達成感に浸ったりと、悪くない日々を送っている。

けれどまさか、遠征先で料理を作ることになるとは夢にも思っていなかった。

限られた食材で栄養のある料理を考えたり、野営地で調理を行ったりすることは結構難しい。

でも、第二部隊のみんなが「おいしい」と言ってくれたら、苦労も吹き飛ぶ。

私が料理に専念できるのは、優秀な仲間のおかげだろう。

その仲間達であるが、なかなかの曲者揃いで……。

ルードティンク隊長は大きな剣を振り回し、魔物も恐れぬ果敢な戦い方をする。ぶっきらぼうで口は悪く、山賊顔だけど頼りになる人だ。

ベルリー副隊長は女性ながら双剣を扱い、素早さを生かした華麗な戦い方をする。私のことをいつも気にかけてくれる、優しいお姉さんだ。

槍使いのガルさんは狼獣人で口数は少ないけれど、誰よりも優しい紳士だ。遠征先で私がバテていたら、手を貸してくれたり、休憩を提案してくれたりする。

弓兵のウルガスは私の一つ年下で、明るく元気な青年だ。どんな料理でも「おいしい！」と大絶賛してくれる。弟みたいな存在である。

最後に、戦斧《せんぷ》を振り回すザラさん。端整な顔に似合わず、柄の長い斧を使い、魔物を薙《な》ぎ倒していく様子は二つ名の『猛き戦斧の貴公子』の通りだ。刺繍や料理など趣味が合うので、休日はよく遊んでもらっている。趣味は女装で、迫力のある美人だ。

——と、このように濃い面々で第二部隊は活動していた。

本日も眉間に皺の寄った強面の隊長より、任務が命じられる。

「今日はニトロン山に、魔物退治に向かう。三日分の準備をしろ」

ニトロン山。王都より馬で三時間ほど走った先にあり、石灰岩と白い木で構成されていることから白い山とも呼ばれている。

「ニトロン山には『トーリ』という、魔力を多く含んだ樹があるのだが、そこの樹皮を剥ぐ輩がいるらしく、現場の調査と賊退治が任務となる」

太古以来、神聖な場所として誰の手も加わっていない原始林だったらしい。そこに、賊が忍び込んで、樹皮を盗んでいるのだとか。

「どうやら、トーリの樹皮は魔道具造りに使われるようで、裏で密売されていると。販路は別部隊が追うことになっている」

少数精鋭の第二部隊にぴったりの任務だと言われ、上層部から任されたらしい。

「総員、三十分で準備しろ」

ルードティンク隊長の号令に敬礼で返し、散り散りになって遠征の支度を始める。

私はまず、着替えなどを入れた鞄を取りに行った。中には替えのシャツに下着、手巾《ハンカチ》などが入っており、それを引っ張り出して肩にかけた。今度は騎士舎の外にある食品保存小屋に向かい、大きな鞄に食材を詰め込んだ。

三日分の食料なので、大変な荷物だ。

途中から、ザラさんが手伝ってくれた。

「あ、メルちゃん、これ、おいしそう」

ザラさんが手に持っているのは、貝のオイル漬け。唐辛子《ピマン》とオリヴィエ油、酒、香辛料に漬け込んだ保存食である。

「おいしいですよ」

「楽しみね」

「はい！」

お喋りをしている場合ではなかった。口ではなく、急いで手を動かす。

最後に馬を連れて来て、鞍《くら》に荷物を載せる。

ギリギリの二十五分後ごろに集合場所に到着。ふうと息を吐いた。

「ニトロン山は魔物が出る。戦闘も覚悟しておけ」

馬に跨《また》がり、現場に急ぐ。

本日は晴天で気持ち良い風が吹いていたが、向かう先には賊がいる。まったく楽しい気分にはならない。でも仕事なので、諦めるほかなかった。


ニトロン山までの道のりは順調だった。途中、魔物とも遭遇したが、あっという間に倒されていた。

怪我もなく、現場に到着する。

目の前にそびえる山を仰いだあと、思わず感嘆の声が漏れた。

「――わっ、すごい。本当に白い山なんですね」

白い山と呼ばれている通り、白の木々に、草花、土の色、落ちている石ころまで真っ白だ。

神聖な場所だと言っていたけれど、雰囲気や空気が普通の森とは違う気がする。背筋が自然と伸びるというか、なんというか。

　ルードティンク隊長を先頭に、山道を進んでいく。山の中はしっとり湿っていて、ひんやりとしていた。

　ザラさんは顔を顰《しか》めながら、ニトロン山を評する。

「何だか、ここまで真っ白だと、不気味」

「そうですね」

　雪山と同じような景色なのに、ここは無機質な感じがした。

「たぶんこの山は、大精霊とかが造った場所なのよ」

「たしかに、自然とはちょっと異なるように感じますね」

　空気中に漂う魔力が濃いからだろうか。少し息苦しい。だんだんと急になっていく山を登っているせいもあるんだろうけれど。

　ふいに、ゾクリと悪寒が走る。同時にガルさんが叫んだ。斜め後方より、魔物が接近していると。

「総員、戦闘準備！」

　ルードティンク隊長がすかさず指示を出す。

　私はウルガスに腕を引かれながら、坂を駆け登った。私達と入れ替わるように、ルードティンク隊長とガルさんが下りてさて武器を構える。

ガサガサと、草をかき分ける音が近付いて来ていた。胸がバクバクと、鼓動する。

通常戦闘において、下よりも上にいるほうが有利だ。こちらには弓兵のウルガスがいるので、なおさらのこと。

しかし今襲いかかってきた魔物は、私達の背後から現れた。魔物も、恐らく本能的にそれを理解しているだろう。

「こちらに勝てると思った中位魔物か、それとも、地形を理解していない低位魔物か」

私の呟きに、ウルガスは盛大な溜息を吐く。筒から矢を引き抜き、弓に番《つが》えていた。

木々の陰から飛び出してきたのは――薬草魔物《アルルーナ》！

頭部から花を咲かせ、髪の毛が生えるように草を垂らしている。人の姿のように見えるが、目鼻はなく、裂けた口が不気味だ。胴から蔓《つる》のような物を生やし、うごうごと蠢《うごめ》いている。

通常、薬草魔物《アルルーナ》は緑色だが、ここの森に生息しているものは全身真っ白。

薬草魔物《アルルーナ》は森に住むフォレ・エルフの脅威となる存在でもあった。

ここで、重大な事実を思い出す。

「薬草魔物《アルルーナ》は蔓から毒を分泌させます。気を付けてください！」

もしも肌に付着したら、火傷したようにただれてしまう。注意が必要だ。

薬草魔物《アルルーナ》は中位魔物である。どうやら私達と戦って勝てると思い、襲いかかってきたようだ。

敵の数は三体。いずれも私と同じくらい、一メトル半ほどの大きさである。

まず、ウルガスが矢を放った。続けざまに、一射、二射、三射と、早撃ちを見せてくれた。

見事、薬草魔物《アルルーナ》に的中する。致命傷ではないが、勢いを削《そ》ぐことに成功した。

ガルさんが槍で薬草魔物《アルルーナ》の額を叩き、隊長が大剣で薙ぐ。

薬草魔物《アルルーナ》の首が飛んだ。

二体目と対峙するのはザラさん。薬草魔物《アルルーナ》の触手が戦斧の柄に巻き付いたが、ぐっと引いて薬草魔物《アルルーナ》ごと引きずる。

触手をベルリー副隊長が双剣で切り裂き、またしてもルードティンク隊長が止《とど》めを刺した。

三体目は、ウルガスの矢がいくつも刺さっていた。触手を木の幹に縫い付けるように矢で射止める技術は、すさまじいものだろう。

ガルさんが槍で突き、止めを刺す。これで、薬草魔物《アルルーナ》はすべて討伐された。

戦闘時間は十分くらいか。

しかし、安堵したのは束の間のことであった。

「――え？」

突然、足元に何かが巻き付いた。すぐに、千切れた薬草魔物《アルルーナ》の蔓だと気付く。長さは半メトルくらいか。小刻みに揺れながら、太もものほうへと上がって来ようとする。

「ひゃっ！　なっ、なな、なんで⁉」

本体は死んでいるのに、どうして動けるのか。

蔓は熱を持っている。じわじわと熱くなり、革のブーツを溶かしていった。

動揺して、尻もちをついてしまった。

外さなきゃいけないのに、怖くて動けない。どうすれば――。

「や、やだ……！」

「リスリス衛生兵‼」

ベルリー副隊長が駆け寄り、私の脚に絡みつく蔓を手で引き千切ってくれた。

「クッ……！」

蔓はベルリー副隊長の手に巻きつこうとしていたが、すぐに投げられてルードティンク隊長が踏みつけた。他の蔓も動き出さないように潰される。

「リスリス衛生兵、大丈夫か？」

「あ、ええ、私は、だいじょぶ、です。でも、ベルリー副隊長は……？」

ブーツの表面は少しだけ溶けたけれど、穴が開くほどではなかった。しかし、ベルリー副隊長の手袋はそこまで厚くない。

「私も平気だ」

「見せていただけますか？」

蔓を掴んだ手をそっと掴む。ベルリー副隊長は気まずそうに目を逸らした。

手袋は溶けていて、露出した素肌は赤く腫れている。

「すぐに治療を」

「すまない」

手袋をナイフで裂いて外し、水をかけて冷やす。傷の程度はそこまで酷《ひど》いものではない。

幸いにも赤くなっているだけで、水膨れにもなっていなかった。薫衣草《ラバンダ》から作った火傷軟膏をしっかりと塗る。

しばし乾燥させていたら、ルードティンク隊長が覗き込んできた。

「おい、ベルリー、大丈夫か？」

「ああ」

「剣は握れるか？」

「問題ない」

赤みが引くまで安静にしてほしいけれど、そういうわけにもいかないのだろう。

ベルリー副隊長は代えの手袋を装着し、何事もなかったかのようにしていた。

立ち上がって颯爽《さっそう》と歩くベルリー副隊長の背中を追い、お礼を言う。

「あの、ベルリー副隊長、助けてくださって、ありがとうございました」

「気にしないでくれ。リスリス衛生兵が無事で良かった」

泣きそうになっていたら、ベルリー副隊長は火傷をして痛いはずの手で背中をポンポンと叩いてくれた。

ルードティンク隊長に怒られるかとビクビクしていたけれど、「気を付けろ」と軽く言われただけだった。拍子抜けしてしまう。

でも、本当に気を付けなきゃ。非戦闘員なので、せめてみんなの足手まといにならないようにしないと。

頬を両手で打って、気合いを入れ直した。


それから一時間ほど歩くが、人の気配はなし。しかし、樹皮が剥がされているトーリを何本も見つけた。

「幹の表面がみずみずしいので、剥いでそう時間は経っていないかと」

「なるほどな」

こうなったら、ガルさんの鼻が頼りとなる。幹から賊の匂いを嗅ぎ取っていた。

「ガルさん、どうですか？」

ガルさんは視線を山の麓《ふもと》に向ける。どうやら、ここで引き返したようだ。

「待ち伏せするぞ」

ルードティンク隊長は賊の匂いを追って、下山すると命じた。

……なんか、あの言い方だと、こっちが襲いかかるみたいに聞こえたけれど。ルードティンク隊長の顰めた顔のせいもあるかもしれない。

その前に、しばし休憩をする。戦闘も挟んだので、皆くたくただろう。

賊に見つかってはいけないので、残念なことに火は焚けない。よって、水とパン、干し肉を食べて空腹をしのぐ。

パンの上にチーズや燻製肉、貝のオイル漬けを載せたり、果物の砂糖煮《メルメラーダ》を塗ったりして食べた。

「温かいものを作れたら良かったのですが……」

「いえいえ、リスリス衛生兵のパンと干し肉、おいしいので、十分満足ですよ」

ウルガスが泣かせることを言ってくれる。

私はベルリー副隊長のもとに行き、怪我の確認をする。

「あの、ベルリー副隊長、傷の具合を見せていただきたいのですが」

「ああ、すまない」

手袋を外してもらう。赤みは引いていなかった。手袋が肌に当たっているのが良くないのかもしれない。

「火傷軟膏をもう一度塗っておきますね」

「頼む」

軟膏を塗り終わり、ふうとひと息。

「リスリス衛生兵、ありがとう」

「いえいえ」

元はと言えば私のせいなのに、ベルリー副隊長はなんて優しい人なのか。

――と、ここでふと気付く。

「あ、そういえば。パン、食べました？」

「あ、いや、途中だった」

「すみません、手を薬塗れにしてしまって！」

右手には火傷軟膏を塗り、左手は手荒れをしていたので別の軟膏を塗ったのだ。今は乾かしているので、両手が使えない状態になっている。

「では、私が食べさせますね」

「いや、大丈夫……」

「しっかり食事をとっておかないと、体がもちませんよ！」

というわけで、食べかけのパンを千切りベルリー副隊長の口元へと持っていく。

「何か塗ったり、載せたりしますか？　オススメは貝のオイル漬けです」

「では、それを」

瓶の中から貝のオイル漬けを出し、しっかり油を切ってパンの上に載せる。

「はい、できました。あ～ん」

「……すまない」

ベルリー副隊長は私の差し出したパンを食べる。

「リスリス衛生兵、この貝はプリプリとした食感で、味も良く、とてもおいしい」

「よかったです！」

自信作なので、褒めてもらえて嬉しい。続けて、水の入った革袋の口を差し出した。

「わっと！」

「んっ……」

口の端から、水が滴る。水を飲ませるのは、けっこう難しい。

「す、すみません」

「いや、大丈夫だ」

口元を拭い、続けてパンを食べてもらった。

「干し肉は食べますか？」

「いや、干し肉はいい。代わりにパンをもう一切れ貰えるか？」

「了解です」

今度は果物の砂糖煮《メルメラーダ》を塗って食べさせた。水も、二回目は上手くいったので安堵する。

「リスリス衛生兵、ありがとう」

「いえいえ」

なんとか衛生兵の仕事を果たしたので、ひと安心する。

ここで、ルードティンク隊長がニヤニヤしながらウルガスに声をかけた。

「おい、ウルガス。お前も食べさせてほしかったら、お願いすればいい」

「な、なんでですか！」

「羨ましそうに見ていただろう」

「まあ、否定はしませんが」

食べさせてほしかったのか、ウルガス。しかし、彼は怪我人ではない。

「ウルガス、お手をしたら、食べさせてあげますよ」

そんなことを言いつつ手を差し出したら――ウルガスはすぐに手を重ねて「お手」をしてきた。

「あの、冗談だったんですけど」

「すみません、本気にしました」

真面目な顔で返すのが面白かったので、パンを食べさせてあげた。

あまりにも嬉しそうに食べるので、続けざまに与えていたら、途中でザラさんに釘を刺される。

「メルちゃん、そんなにたくさん与えたら、お腹いっぱいになって動けなくなるわよ」

「そうでした」

パンの袋を鞄に詰めると、ウルガスはシュンとなる。その様子はやっぱり犬っぽい。よーしよしよし、と頭をぐしゃぐしゃに撫でそうになった。


休憩が終わったら、ガルさんを先頭に下山する。

帰りはあっという間に麓にたどり着いた。賊はここから出入りしているようなので、周辺で待機をする。

私はルードティンク隊長の指示で、木に登った。

ベルリー副隊長とガルさんは木の陰に隠れ、ザラさんは姿勢を低くして草の陰に身を潜めている。

ウルガスも木に登って待機しているようだ。

ルードティンク隊長は、山道の出入り口付近で身を伏せていた。剣を抜き身で握っているので、申し訳ないけれど山賊にしか見えない。

賊はおそらく、夜闇に紛れて樹皮を取りに来ているのだろうとのこと。

途中、交代で休憩しつつ、賊が現れるまで待ち構えていた。

――三時間後。遠くから足音が聞こえてくる。ガルさんも気付いたようで、虫の鳴き声に似た草笛を吹いていた。

みんな息を潜め、神経を尖らせている。私は任務の邪魔にならないように、大人しくしているばかりだ。

賊の数は三名ほど。案外少数で活動しているようだった。これならば、第二部隊の敵ではない。

しかし、油断は大敵だろう。

山に入って突然拘束するわけではない。犯行現場を確認しなければならないのだ。

尾行はガルさんとベルリー副隊長、ウルガスの三人が行う。

そろそろ、夜闇に目が慣れている頃だ。

三名の賊――疑惑のある男達が山道に入って来た。距離を置いて、先陣を切る三名が尾行を始める。私達はもう少し距離を置いてから、あとを追うようだ。

数分後、「よし」というルードティンク隊長の声が聞こえたので木から下りる。

「リスリス衛生兵は、ザラから離れるな」

「了解です」

「ザラ、こいつの首根っこ掴んどけ」

「隊長、その言い方は――」

「小言はあとで聞く。行くぞ」

　ズンズンとルードティンク隊長は山道を登っていく。私は小走りで続いた。息が上がりそうになったけれど、途中からザラさんが腕を引いてくれたのでいささか楽になった。

「メルちゃん、大丈夫？」

「な、なんとか」

「おんぶしようか？」

「いえ、このあと、ザラさんは戦闘があるかもしれないので」

「メルちゃん一人くらいなら、なんてこともないんだけど」

　だんだんと、ルードティンク隊長の足取りが速くなる。

「あの、メルちゃん。平気？」

「い、行けます。まだ……」

　額から汗が滴る。限界が近かったけれど、ここが頑張りどころだ。意地でもついて行く。

　草笛で吹いた虫の音が聞こえた。ガルさんだ。

　ここで、ガルさんと合流する。報告によれば少し先に行った場所で、樹皮を剥ぎ始めたらしい。賊のすぐ近くにベルリー副隊長とウルガスが陣取り、見張っているとか。

「決着をつけようじゃないか」

　ルードティンク隊長は手をボキボキと鳴らしつつ、現場に向かった。

途中でベルリー副隊長、ウルガスと合流する。

「ルードティンク隊長、あいつら、確実に賊です」

「樹皮を特別なナイフで剥いでいるようだ」

「わかった」

ゆっくり、ゆっくりと接近する。私は遠くから、ウルガスと見守るばかりであった。

賊の背後に近づくが、作業に夢中で気付いていないようだった。

「お前ら、何をしている⁉」

賊はビクリと肩を震わせ、手にしていた角灯《ランタン》をルードティンク隊長に向けた。

「誰だ――って、ヒエエエエ、山賊だあ！」

「か、金目のもんは、持っていない、からな！」

「どど、どうか、命だけは！」

賊たちは山賊……否、ルードティンク隊長の姿に驚き、勝てないと思ったからか、平伏している。

「命は助けてやる。だが――」

「ヒイイ！」

「言うこと聞きますから！」

「痛いのは勘弁！」

大人しくしているうちに賊の手と口を縛った。ここで、エノク第二遠征部隊であることを告げた。

「え、山賊じゃない？」

「どうみても、本場の山賊……」

「山賊っぽい騎士なんて実在するのか？」

「お前らは！」

ルードティンク隊長が怖い顔をして凄んだら、再度大人しくなる。

縄に繋がれた賊を山の麓にある村まで連行した。

翌日――賊達は別の部隊がやって来て、王都まで移送されたようだ。私達は任務達成となる。みんな晴れやかな表情だったが、ルードティンク隊長は腑に落ちないようだった。

「そんなに山賊っぽかったのか」

その発言に返す言葉はなく、シンと静まり返る。しかし――ウルガスが噴き出してしまった。

「てめえ、ウルガス！」

「す、すみませ～ん」

ウルガスは逃げ、ルードティンク隊長があとを追う。

二人がいなくなったあとで、みんな笑い出した。

「今日はルードティンク隊長の山賊力のおかげで平和に解決できたので、なんと言葉をかけていいのやら」

ザラさんも同意する。

「ええ、そうね。本人には言えないけれど」

まあ、何はともあれ、事件は解決した。

ルードティンク隊長から逃げるウルガスを眺めつつ、任務を終えた達成感に浸っていた。

森の蟹スープ

青い空、白い雲、そして——どこまでも続く海!

というわけで、私達は今、船に乗っている。

「ルードティンク隊長、見てください、海鳥がたくさん飛んでいます!」

「わかったから、騒ぐな」

ルードティンク隊長は青い顔で、船縁《ふなべり》にもたれかかっている。たぶん、三半規管が弱いのだろう。出港してからずっと、船酔いと戦っていた。

海原を眺めていると、船が僅かに揺れる。

「ウッ!」

ルードティンク隊長は口元を押さえ、涙目になっていた。

「どうぞ。酔い止めの香り袋を差し上げます」

初めて船に乗るので、念のために船酔い対策をしてきていたのだ。

これは林檎草《カモマイル》、薫衣草《ラバンダ》、乳香を混ぜ合わせ、綿布に垂らして巾着袋に入れた物。匂いを嗅ぐと、船酔いが和らぐ。

林檎草《カモマイル》は精神や体の強張りを解《ほぐ》す鎮静効果がある。薫衣草《ラパンダ》は頭痛や吐き気を抑える効果があるのだ。子どもの頃、村の医術師から教わった話をもとに作ってみた。

「薬か？」

「いいえ。香り袋です」

「いい。今、強い匂いを嗅いだら吐く」

「そんな馬鹿な」

「お前は酔わないからわからないのだ」

「ふうむ」

お気の毒にとしか言いようがない。

こんなに弱りきったルードティンク隊長、とても新鮮だ。けれど、少し可哀想に思う。

「あ、そうだ。船酔い緩和のツボがあるんですよ！」

これも村の医術師から教えてもらった知識だ。森暮らしをしている時は役に立たないと思っていたけれど、そんなことはなかった。どんな知識でも、いつか役立つものである。

「酔い止めのツボ……んなもんがあるのかよ」

「はい」

内関《ないかん》という手首にあるツボを押したら、胸から胃の不快感がなくなるらしい。

「手を握りしめて、手首を内側に傾けてもらえますか?」

「こうか?」

「はい」

拳を握り、手首を曲げた時に、腕に二本の筋が浮かび上がる。その筋の真ん中をぐっと押すと習った。

「食欲不振や、胃痛、二日酔いにも効くらしいです」

「本当かよ」

「今からしてみますね」

手と手首の境目に、肘の方向に向かって指を三本置く。三本目の指の位置にある二本の筋の間が内関だ。そこを、親指で押した。

「痛っ!」

「そんなに力は込めていませんが?」

「嘘吐け! 痛いんだよ!」

「少し強めに押すよう習いましたので」

「どこが少し強めだ! 全力じゃないか!」

意外と我慢弱い。はあと溜息を吐いてしまった。

それにしても、ツボ押しは結構大変だ。腕まくりをして、気合を入れ直そうとしていたら、背後より声がかかる。

「メルちゃん、私が代わりにしましょうか？」

振り返ったら、ザラさんが笑顔で助け船を出してくれた。

「どこを押せばいいの？」

「ここです」

「わかったわ」

「助かります。結構力仕事で」

「そうだと思ってね」

ザラさん、優しい。

私の代わりにツボ押しをしてくれると言うので、お願いすることにした。

「メルちゃん、副隊長と食堂でお茶して来たら？」

「いいんですか？」

「ええ。私は今まで休んでいたから、行ってくるといいわ」

「はい、ありがとうございます」

ルードティンク隊長のお世話にも飽きたので、お言葉に甘えてベルリー副隊長をお茶に誘うことにした。

「あ、そうだ」

肩かけ鞄の中から、香り袋を取り出す。

「これ、ザラさんの分です」

「あら、可愛いわね。何かしら?」

「酔い止めの香り袋です」

全員分作ったので、よかったらと言って差しだした。

ザラさんは喜んで受け取ってくれた。

ルードティンク隊長の分は、勝手に腰のベルトに括りつけておく。

「では」

「はい、いってらっしゃい」

くるりと踵を返せば、すぐさまルードティンク隊長の叫び声が聞こえた。

「い、痛ってえ! 何すんだ、この野郎!」

「あら、治療なのよ、これ」

「絶対違う! お前のは暴力だ!」

ルードティンク隊長、元気になったみたいでよかった。ツボ治療の効果は絶大のようだった。

安堵しつつ、ベルリー副隊長を捜す。

「あ、いた!」

ベルリー副隊長は船尾楼《せんびろう》にいて、じっと海原を眺めていたようだ。

なんとなく絵になる光景であったが、声をかけることにした。

「ベルリー副隊長！」

名前を呼べば、ハッとしたようにこちらを見る。何かを考え込んでいたようだけど、すぐに笑みを浮かべてこちらへ近付いて来た。

「リスリス衛生兵、どうかしたのか？」

「食堂でお茶でもどうかなと思いまして」

ベルリー副隊長の隣へ寄ろうとしたら、うち上げられていた海藻を踏んで転倒しそうになった。

「危ない！」

「おわっと！」

甲板の床に頭から突っ込みそうになったけれど、ベルリー副隊長が転ぶ寸前で抱き止める。

「リスリス衛生兵、大丈夫か？」

「はい、ありがとうございます」

その後、危ないからと腰を支えて歩いてくれた。「怪我がなくてよかった」と、耳元で囁かれる。

ベルリー副隊長、女性だけどかっこいい。ドキドキしてしまったのは言うまでもない。

船室へと繋がる階段を下りて、食堂へと向かった。

食堂では南国果物のジュースを飲んだ。甘酸っぱくておいしい。

「それにしても、大変なことになったな」

「そうですね」

今回、私達は王族の行楽地である、南の島へと向かっている。この船も、海兵部隊が特別に出してくれたものだった。

なぜ、私達は南の島に向かっているのかと言えば、王族の尻拭いをするためである。

問題を起こしたのは第七王女様（七歳）。誕生日に国王から幻獣鷹獅子《グリフォン》の子どもを贈られるも気に入らず。一緒の船に乗りたくないと言うので、南の島に置いてきてしまったらしい。放置期間は一週間ほど。

「鷹獅子《グリフォン》の子ども、生きているんですかねえ」

「どうだろう。生後三ヶ月くらいまでは、自分で食べ物を得ることはできないだろう」

「なるほど」

鷹獅子《グリフォン》との契約はまだ結んでいないらしい。

第七王女様は絵本で鷹獅子《グリフォン》の姿を見て、飼いたいと父王にせがんだらしいが、一生懸命探してきた幻獣はいささかやんちゃだったのだ。

王女様は絵本の心優しい姿と現実の生態の差に驚き、契約を拒否した。鷹獅子《グリフォン》側も、歩み寄ろうという姿勢を見せなかったらしい。

「簡単に契約を結ぶという話だが、幻獣側も主人を選ぶ。誰しもが、契約できるわけではないようだ」

「ほうほう」

今回の任務は鷹獅子《グリフォン》を捕獲すること。

王女はもういらないと言っているらしいが、鷹獅子《グリフォン》は保護幻獣でもある。希少生物の数を減らしてはいけないと、国は保護に必死だった。

一週間と日にちが経っているわけは、王女様が召使いや近衛騎士などに黙っておくようにきつく命じていたかららしい。命令に逆らえない彼らは、苦渋の思いを抱えていたことだろう。

けれど、国王様が王女様のもとへ訪れたさいに、鷹獅子《グリフォン》がいないことが発覚してしまったのだ。

「果たして、我らに捕まえられるものか」

繊細な生き物らしいので、どうだか。ルードティンク隊長の顔を見て驚かなければいいけれど。

そんな話をしているうちに、夕食の時間となったようだ。先ほどから厨房よりいい香りが漂っていたので、楽しみにしていた。

ルードティンク隊長とザラさん、ウルガスにガルさんを呼びに行った。

「あの、ルードティンク隊長、大丈夫ですか？」

食卓についたルードティンク隊長は、ずいぶんと顔色は良くなっているように見えた。

「メルちゃんのツボ押し療法のおかげね」

「ツボ押し療法ってなんですか？」

隣に座ったウルガスが聞いてくる。

「専門的には経穴《けいけつ》と呼ぶみたいですが――」

簡単に言えば、体の不調を訴える場所と繋がる経穴《ツボ》を刺激すれば、血の流れが変わって体調も良くなる、というものである。

「へえ、すごい治療法があるんですね」

「はい。村の医術師からの受け売りですが」

「医術師、ですか」

「魔法で治療を行う医師のような存在ですね」

村の医術師は変わり者で、魔法を使って治療をすることを推奨していなかった。魔力のない私には薬草やツボ療法など、誰にでもできる治療法を教えてくれた。まさか、それが役に立つ日がくるとは。人生、何が起きるかわからないものである。そんな話をしていると、食事が運ばれてきた。

「わあ〜〜って、え？」

大皿に載ったそれは、真っ白い石のようだった。

これはいったい……？

私のぽかんとした顔をみた料理人のお兄さんが答えてくれた。

「こちらは魚の塩釜焼きです」

どうやら、これはメレンゲと塩を混ぜた物で魚を包み、かまどでしっかり焼いた物らしい。初めて見る魚料理に感動を覚えた。

「これ、どうやって食べるのですか？」

「金槌で割って食べるんだ」

「へえ」

ベルリー副隊長が答えてくれる。港街で育ったようで、よく塩釜焼きを食べていたらしい。

ガルさんが魚を覆っている白い塩メレンゲを、金槌で割ってくれた。

中から、赤い魚が顔を出す。ザラさんがナイフで切り分けると、お腹から野菜が出てきた。

「なるほど、お腹に野菜を詰めて焼くんですね」

とてもおいしそうだ。

ザラさんが人数分、お皿に取り分けてくれる。

パンと魚の酢漬けに、貝のバター焼き、尾長海老《アスタコス》のチーズ焼きなどが運ばれる。

食前の祈りを捧げ、食事を始める。

フォークを突き刺すと、白身からじわりと脂が滲《にじ》む。そのまま、口に持っていった。

塩辛いかと思っていたけれど、そんなことはなくて、旨みがぎゅっと凝縮している。

さすがに、表面の皮はしょっぱいけれど、パンの上に載せて食べたらおいしい。

柑橘を絞って食べるのも、あっさりとした風味になって非常に美味である。

魚のお腹に入っていた野菜がまたおいしくって……！　葉野菜や根菜が魚の出汁を吸って、お上品な味わいとなっていた。

海の幸は最高だ。幸先の良い、遠征一日目の夜だった。

＊

楽しい船旅はあっという間に終わってしまった。

おいしい魚介類を食べられるだけではなく、無人島に到着するまで待機をするだけの簡単なお仕事という快適な時間を過ごした。

森暮らしをしていた私にとって広大な海の景色は新鮮で、ずっと眺めていても飽きなかった。

ルードティンク隊長はザラさんのツボ療法で船酔いから解放されたらしいけれど、海が時化《しけ》ていつ具合が悪くなるのかと、気が気でないようだった。

ようやく陸へ降り立ち、ホッとしているように見える。

水兵部隊はこのあと別の任務があるので、私達を降ろしていなくなってしまった。

浜辺には船から島へ移動するために乗った小型船しかない。帰還は二日後を予定している。

早い段階で鷹獅子《グリフォン》を発見した場合は、花火を打てば迎えに来てくれるようになっていた。現状として、無人島から脱出する手段がないという状況だったけれど、なんだかワクワクしている。

ここは王族が所有する無人島で、白い砂浜に豊かな植物、果物もたくさん生《な》っているようだ。

まさしく、絵画などで描かれる楽園の光景そのものだろう。

浮かれ気分でいたが、顰め面をしたルードティンク隊長の顔を見ると、現実を思い出す。そうだ。ここへは任務で来たのだった。

「鷹獅子《グリフォン》捜しだが、人員を三つに分ける」

まず、島を右から捜すのはルードティンク隊長とザラさん。左から島を捜すのは、ベルリー副隊長とウルガス。私とガルさんは無人島の森部分を横断するように命じられる。

「よし、ガルさん、頑張りましょう！」

エイエイオ～！　とガルさんと二人で気合いを入れた。ピンと体を伸ばした状態から、その場に蹲《うずくま》って二人でヒソヒソ話をする。

「あの、森の果物とか、木の実とか、採っても構わないそうですよ」

無人島の果物は自由に食べていいらしい。水兵部隊の隊員が言っていたのだ。

食堂で食べた南国の果物は、甘く汁気たっぷりで大変おいしかった。焼いたら甘みが増しておいしい果物もあるという話も聞いたので、夕食時に挑戦したい。頑張って果物を探すことにした。

あ、違う。目的がすり替わっていた。

鷹獅子《グリフォン》を捜すことにした。

砂浜を振り返れば、緑豊かな森が広がっている。不思議な光景だ。

「じゃあ、行きましょうか」

ガルさんはコクリと頷いた。

「うわあ、うわあ～……」

なんていうか、すごい。圧倒されるような自然を前に、語彙力を失いつつある。

生まれ育った村の森とまったく違うのだ。

鮮やかな緑は、さんさんと降り注ぐ太陽の光によって育った物だろう。葉っぱも面白い。指先を広げたみたいな形だったり、黄とか、赤とか色鮮やかだったり。食べられる果物の種類は水兵部隊の隊員に聞いた。その辺は抜かりない。

一歩足を踏み入れたら、さっそく果物を発見した。

「あ、あれ、毛の生えた果物！」

水兵隊員に毛むくじゃらの赤い果物があると聞いていたのだ。

話にあったとおり、本当に果物からもじゃもじゃと毛が生えていた。

「ガルさ～ん、これ、持って帰りましょう！」

実を言えば、果物を入れるカゴも譲ってもらっていた。ルードティンク隊長が訝しげな表情でいたけれど、鷹獅子《グリフォン》を入れると言って誤魔化した。

背の高いガルさんが手を伸ばしたら、木になっている実に手が届くのだ。

「一人五個くらいでしょうか？」

ガルさんはコクリと頷き、丁寧に千切ってくれた。

一個だけ、味見をしてみる。ナイフで切り目を入れたら、つるりと剥けた。

実は半透明で、水気たっぷり。甘酸っぱくて、シャリシャリとした食感だった。

「おいしいですねえ」

王都では手に入らない物らしい。こんなにおいしいのに、王族の人達は見た目が気持ち悪いからと言って食べないいんだとか。もったいない話である。

ホクホク気分で先に進む。

しばらく歩いたら、今までの森と異なる点に気付いた。まずは湿気に驚く。とにかく暑い。額に玉の汗が浮かんでいた。それから、虫が多い。

「ひゃっ！」

私にまとわり付く羽虫を、ガルさんが手で追い払ってくれた。フォレ・エルフの森にも虫はいたけれど、ここの虫は大きくて怖いのだ。ブンブンという羽音も不気味で、恐怖心を煽ってくれる。

虫など気にするな。己を鼓舞《こぶ》しつつ、さらに先へと進んだ。

「ぎゃあ！」

しゅるんと上から落ちて来たのは、黄色と赤のしましま蛇。私のすぐ目の前でシャア！と牙を剥いた瞬間、ガルさんが槍で一突き。すぐさま倒してくれた。

色が綺麗な蛇は毒がないらしい。注意しなければいけないのは、茶色とか黒とか、地味な色合いだとガルさんが教えてくれた。

果物がたくさんあると喜んでいたけれど、森の中は危険がいっぱいだった。

途中で、龍目《ロンガン》という果物を発見する。なんでも、ゼリー状の実で、すごくおいしいとか。

けれど、ガルさんの手も届かないような高い所に生っていた。ここは諦めようと思っていたら、ガルさんが木に登って採ってくれると言う。

「あの、蛇とかいるので大丈夫ですよ。……え、いいのですか？」

木登りは得意らしいので、お言葉に甘えることにした。

龍目《ロンガン》は鳥の卵みたいなまん丸の実をしていた。かなり高い場所に生っていたが、ガルさんが木に登ってたくさん採ってくれた。食べるのが楽しみである。

他にも、いくつか果樹を発見し、遠慮なく収穫した。カゴの中身はたくさんの果物で満たされる。

重たくなってきた。そんなことを考えていたら、ガルさんが荷物を持ってくれる。優しい。

身軽になって足取りも軽くなっていたら、遠くから何かの鳴き声が聞こえた。

『クエッ、クエエエ！』

咄嗟にガルさんを見る。

どうやらガルさんも聞こえていたようだ。

ゆっくりと、気付かれないように進んでいく。

『ギャア、ギャア！』

『クエ、クエ～～！』

なにかの生き物たちが取っ組み合いの喧嘩をしているようだった。

そっと近付き、大きな草と葉の間から覗き見る。

片方は真っ黒い鳥。かなり大きい。一メトルはあるのか？

もう片方は鷲……と思いきや、四足獣だった。大きさは半メトルもないくらい。頭と翼、前脚が鷹で、胴、後ろ脚、尻尾が獅子に似ている。全身真っ白で、綺麗だった。

あれはもしや――鷹獅子《グリフォン》の子ども⁉

「うわ、あれが鷹獅子《グリフォン》ですよね？　ガルさん、どうしよう……」

ヒソヒソ話をする。

このまま飛びだせばびっくりして逃げるかもしれない。よって、ガルさんが黒い鳥に槍を投げ、私が鷹獅子《グリフォン》を捕まえに行くということになった。

時機を見計らい、鳥が少し離れた瞬間にガルさんは槍を投げた。

同時に、私も飛び出していく。

『ギャアアア！』

『クエ？』

見事、黒い鳥に槍が命中！

鷹獅子《グリフォン》を革袋の中に入れようとしたが、傷だらけでびっくりしてしまった。

『ギャアア！』

槍が刺さったままの鳥が、最後の力を振り絞って鷹獅子《グリフォン》に襲いかかる。

「危なっ！」

咄嗟に、私は鷹獅子《グリフォン》に覆いかぶさった。

歯を食いしばり、衝撃に備えていたが、想定していた痛みは襲ってこない。

不思議に思い、顔を上げる。

すると、拳を突き上げた姿勢のガルさんがいた。少し離れた場所に、黒い鳥が息絶えていた。

なんと、ガルさんが自身の拳で止めを刺してくれたようだ。

「うわ、よ、よかった……！」

はあと大きな溜息。なんとか怪我をせずに済んだ模様。

『ク、クエ？』

「あ！」

鷹獅子《グリフォン》の存在をすっかり忘れていた。私の胸の下にいて、小首を傾げている。

よくよく見たら、背中の翼が曲がっていた。黒い鳥の羽も突き刺さっている。痛々しい姿だった。このまま革袋に入れるわけにいかない。

案外大人しいので、応急手当をしてみようと思う。

「ガルさん、ちょっと手伝ってくれますか？」

コクリと頷き、鷹獅子《グリフォン》の体を押さえてくれる。

『クエッ、クエエエ！』

「大丈夫ですよ。すぐに済みますから」

バタバタとしていたけれど、噛みついたりする様子はない。

まず、ピンセットで羽を引き抜く。

『クエエエ〜〜』

痛がる鷹獅子《グリフォン》。

「もうすぐ、痛くなくなりますからね」

『クエエ〜』

なんか、悪いことをしているように思えるけれど、仕方がないのだ。

全部綺麗に抜き取って、水で血を洗い流す。

人間用の傷薬軟膏は良くないと思って、塗布しなかった。折れた翼は木を添えて固定させておいた。とりあえず、応急処置はこれくらいだろうか。

幸い、見た感じでは衰弱している様子はない。お腹が空いているからか、カゴの果物の匂いをすんすんと嗅いでいた。

「果物、食べるかな？」

一個、毛むくじゃらの果物を手に取り、ナイフで皮を剥いて差しだしてみる。

『クエ～～』

手渡しで与えたが、ガツガツと食べたのでホッとひと安心。

鷹獅子《グリフォン》は甘い果物などを好むと聞いていたのだ。食欲はあるようで、安心した。

あとは、ゆっくりと砂浜まで運べば任務完了だろう。

＊

鷹獅子《グリフォン》の子どもは案外大人しかった。

よほど黒い鳥が怖かったのか、私にぴったりと寄り添っている。

逃げる様子はないので袋に入れずに、抱き上げて運ぶ。

お昼時になったので、食事の時間にした。水兵部隊の料理人がお弁当を持たせてくれたのだ。草木がぐんぐん伸びている森の中だけど、ガルさんと二人、身を縮こめていただくことにした。

わくわくしながら、包んでいた紙を開く。

「わっ、海鮮サンドイッチだ！」

具は野菜の酢漬けに尾長海老《アスタコス》を贅沢に挟んだ一品。

尾長海老《アスタコス》はプリプリだし、酢漬けはシャキシャキ。甘辛いソースはなんだろう？　卵と香辛料と何かを使っているみたいだけれど。う〜〜ん。わからない。今度聞いてみようと思った。

『クエ〜』

鷹獅子《グリフォン》の子どもがくんくんと鼻をひくつかせている。パンに興味があるのかと、千切って口元へと持っていったら、ぷいっとされてしまった。パンはお気に召さないようだ。干し肉はどうだろうと、鞄から取り出して見せてもそっぽを向く。

果物を見せると、『クエ！』と明るい声で反応を示した。ザラさんと契約している山猫《イルベス》同様、自然の甘い食べ物を好むようだ。

昼食後、鷹獅子《グリフォン》を上着に包んだ。ガルさんが抱えたら、『クエクエ〜〜！』と騒がしく鳴きはじめた。じたばたするので、傷が悪化しかねない。駄目元で私が抱いたら大人しくなった。

ガルさんのもふもふ感に慣れていないからだろうか。理由は謎だ。

しかしながら、子どもといえど、結構な重さだ。ひいふうと息を吐きながら、森を抜けていく。

元いた砂浜に辿り着いたのは陽が傾くような時間帯。まだ、誰も戻ってきていないようだった。

船を呼ぶ花火などはルードティンク隊長が持っているので、私達はここで待機するしかない。

何か夕食用にスープでも作ろうか。提案したら、ガルさんが薪を探しに行ってくれた。その辺の流木でもいいかなと思ったけれど、海水を含んでいるので上手く燃えないらしい。なるべく乾いた木を探しに行くとのこと。

ちらりと隣を見ると、鷹獅子《グリフォン》の子どもと目が合う。

『クッエエ～～』

歌うように鳴く鷹獅子《グリフォン》。機嫌は上々の模様。小首を傾げ、私を見上げている。

なんだよ、鷹獅子《グリフォン》、可愛いじゃんか。そう思い、のどを指先でかしかしと撫でる。

『クエクエ～』

喜んでいるのか。よくわからない。

しかし、王女様はどんな風に鷹獅子《グリフォン》の子どもと接していたのか。

警戒心が強いわけでもないし、野生的な様子もない。その辺の犬や猫と変わらないような気がする。そんなことを考えつつ、鞄の中から水の入った革袋を取り出して飲んだ。

すると、物欲しそうな視線が突き刺さる。

手の平に水を溜めて鷹獅子《グリフォン》の子どもに水を与えたら、ごくごくと飲んでいた。果物ばかり与えていたけれど、水も必要だったようだ。それにしても、舌がチロチロ当たってくすぐったい。

よほど喉が渇いていたのか。いやはや、悪いことをした。

ガルさんを待つ間、その辺にあった石などを積んで、簡易かまどを作る。

鷹獅子《グリフォン》の子どもは興味津々とばかりに、夕食の準備を眺めていた。


しばらくして、ガルさんが戻ってきた。

脇に大量の薪を抱え、逆の手には大きな甲殻類を持っている。

「うわ、ガルさん、それ何ですか⁉」

森林蟹《フォレ・ガヴリ》という、森に生息する蟹らしい。

「ええ～～、森に蟹ですか。はあ、すごいです」

蟹は王都に来て初めて食べた。あまりのおいしさに、衝撃を覚えたことは記憶に新しい。

森にはいない生き物で、王都最高かよと思っていたけれど、森に生息する地域があるとは。

羨ましいにもほどがある。

「じゃあ、森林蟹《フォレ・ガヴリ》でスープを作りましょう！」

森林蟹《フォレ・ガヴリ》は青みがかった不思議な色合いの蟹である。

爪が大きくて、ずっしりとした見た目だ。形など、海の蟹とはずいぶん違うように感じる。

しばらく海水に浸けて、泥抜きする。ゴボゴボと泥を吐き出すので、ちょっと面白い。

泥抜きを待つ間、火を熾《お》こす。ガルさんが持って来てくれた薪は、よく燃えた。

そのあと、寝床を整える。

——一時間後。

ガルさんが海水で森林蟹《フォレ・ガヴリ》を洗い、ナイフで解体してくれた。殻は大変硬いらしい。力持ちのガルさんがそう言うので、相当な硬さなのだろう。

鍋にオリヴィエ油を引き、森林蟹《フォレ・ガヴリ》に薬草ニンニクなどの香辛料を振りかけ、殻が赤くなるまで炒める。火が通ったら水を注ぐ。塩などで味を調えたら、あとは煮込むだけ。

ぐつぐつと煮ている間に、太陽は完全に沈んだようだった。

「うわ、綺麗……!」

空を見上げれば、満天の星が広がっている。手を伸ばせば、届きそうなくらいだった。

ガルさんと二人で眺めていたら、遠くから声が聞こえた。

「リスリス衛生兵〜〜!」

これは、ウルガスの声だ。立ち上がり、手を振って迎える。

ウルガスは犬のように走ってやってくる。後ろからぶんぶんと振る尻尾のような物が見えたのは気のせいだろう。

「もう、すっごく疲れました」

「お疲れ様です」

森林蟹《フォレ・ガヴリ》でスープを作ったんですよ！　と報告するとウルガスは目を輝かせ、喜んでくれた。

「帰ったら食事ができているとか、リスリス衛生兵は神です」

「大袈裟ですね」

続いて、ベルリー副隊長も戻って来た。

「お疲れ様です」

「ああ、リスリス衛生兵とガルも、ご苦労だった」

ベルリー副隊長は手に持っていた物を私に差し出す。それは、白く可憐なお花だった。

「綺麗だったから、摘んできた」

「うわあ！」

自己主張が激しい派手な草花が生い茂るこの地で、こんなに可愛らしい花が咲いていたなんて。

「ありがとうございます。押し花にして保存しますね！」

「よかった。リスリス衛生兵が好きそうだなと思って」

「大好きです！」

森にいたころは花を愛でる余裕なんてなかった。だから、嬉しい。

花を眺めてにこにこしていたら、鍋の前に座ったウルガスが驚きの声をあげていた。

「ぎゃあ！」

「どうかしましたか？」

「ぐ、ぐぐ……」

「ぐぐ？」

「鷹獅子《グリフォン》！」

「あ！」

森林蟹《フォレ・ガヴリ》のスープと花に気を取られていて、すっかり忘れていた。

今回の目的である鷹獅子《グリフォン》を、保護していたのだ。

「ベルリー副隊長、報告が遅れました。ガルさんと、お昼前に鷹獅子《グリフォン》の子どもを保護しまして」

「そうだったのか。よかった、見つかって」

鷹獅子《グリフォン》はすやすやと眠っていたが、ウルガスが賑やかにしていたので目を覚ましたようだ。

知らない大人が増えていたので、わずかに羽を膨らませている。

怪我を負っていることについても報告した。

「リスリス衛生兵、袋に入れなくて大丈夫なんですか？」

「ええ、大人しいので。それに怪我をしていて動けないのですよ」

「へえ～」

私が頭を撫でているのを見ていたウルガスが、鷹獅子《グリフォン》へ手を伸ばす。

すると――。

『クエ！』

「あ、危なっ！」

なんと、鷹獅子《グリフォン》はウルガスに噛みつこうとしたのだ。目を細めた上に羽をさらにぶわりと膨らませ、低い声で『クエエエ～～』と鳴いている。

「警戒されているようだな」

「そ、そんな……」

どうやら、私にだけ気を許しているようだ。たぶん、食事を与えたからだろう。

「ウルガス、果物を与えてみてはいかがですか？」

「食べ物で釣られるんですかねえ」

ウルガスは毛むくじゃらの果物を剥き、鷹獅子《グリフォン》の目の前に置いた。

すると、鷹獅子《グリフォン》はぷいっと顔を逸らす。お腹が空いていないのだろうか。

ウルガスは持っていた果物を私に渡す。すると、鷹獅子《グリフォン》は『クエクエ』と鳴きだした。

くれと言いたいのか。差し出したら、ガツガツと食べ始める。

「これはもしかして、リスリス衛生兵にだけ懐いているやつじゃないですか？」

「まさか！」

そうだとしたら、非常によろしくない。国で保護しなければならない幻獣に懐かれるなんて。契約も結んでいないのに。

そんな話をしていると、ルードティンク隊長とザラさんが戻って来た。

「ただいま」

「おかえりなさい」

「俺達が最後か……」

ルードティンク隊長は溜息交じりで呟く。珍しく、くたくたな様子だった。

「お疲れ様です、ルードティンク隊長」

「ああ」

船旅の疲れが取れていないのだろう。

ザラさんは綺麗な葉っぱを抱え、布の染め物に使うのだと嬉しそうにしていた。

「お前は、草っぱばっかり摘みやがって」

「あら、鷹獅子《グリフォン》を捜すために、草木をかき分けたついでに摘んだだけなのに」

そうそう。鷹獅子《グリフォン》について報告しなければ。

「ルードティンク隊長、鷹獅子《グリフォン》を保護しました」

「なんだと⁉」

ガルさんの上着に包まれた鷹獅子《グリフォン》を見て、驚愕するルードティンク隊長。

ウルガスが補足する。

「報告にあった通り、警戒心が強いです。触れようとしたら、噛みつきます」

「なるほどな」

「けれど、リスリス衛生兵には懐いているみたいで」

「それは……難儀なことだな」

そうなんです。けれど、国に帰ったら鷹獅子《グリフォン》に詳しい専門家がいるはずだ。

私はそれまでに、食事を与えたりするだけでいい。

報告を終えたら、ぐうとお腹の音が鳴る。私ではない。

「す、すみません。お昼、バテてててあまり食べられなくて」

ウルガスだった。食欲は復活している模様。

「ルードティンク隊長、まずは食事にしましょう」

「ああ、そうだな」

自信作の、殻ごと煮込んだ森林蟹《フォレ・ガヴリ》スープをみんなの皿に注ぎ分ける。

パンは薄く切って、火で軽く炙《あぶ》った。

チーズと干し肉も用意して、大きな葉っぱの皿に並べた。

「リスリス衛生兵、豪勢ですね！」

「はい！　森林蟹《フォレ・ガヴリ》を捕まえて来てくれたガルさんのおかげです」

「だったら、今日は神様とガルさんに感謝の祈りをしますね」

手と手を合わせて祈りを捧げ、いただきます。

まず、森林蟹《フォレ・ガヴリ》のスープを飲む。

「わっ、すっごい濃い！」

濃厚な出汁に驚いた。軽く塩と香辛料を振っただけなのに、こんなに味わいが深いなんて。

フォークで身を刺して食べる。

身は殻からほろりと外れ、ぷりっとした歯ごたえのある食感だった。

出汁を取ったので、味はないかなと思っていたけれど、噛めばじわりと甘みを感じる。

森林蟹《フォレ・ガヴリ》は最高においしい食材であった。

ありがとうと、心の中で自然に感謝の言葉が湧き出てくる。

甲羅の中にある中腸腺《ちゅうちょうせん》も食べられるというので、お酒とオリヴィエ油、薬草ニンニクを混ぜてペースト状にしてみた。パンに浸して食べたらおいしいと言うけれど、私やウルガスにはただの苦い物にしか思えなかった。

ルードティンク隊長やザラさん、ガルさんにベルリー副隊長は気に入ったようだ。大人の味なのだろう。

食後、ルードティンク隊長が任務終了を示す花火を上げる。

流れ星のように上空へとすうっと流れていったかと思えば、花が咲いたように閃光が広がった。

これで、翌日に迎えにきてくれるらしい。

「綺麗ですね。花火なんて、初めて見ました」

ザラさんも頷く。

「そういえば、王都のお祭りの最終日は、いつも花火があがるの」

「へえ、そうなのですね」

花火は金属の炎色反応で、さまざまな色を放出するらしい。

王都には花火職人がいて、お祭りのたびに夜空を彩る花を咲かせるのだとか。

「王都のお祭り、騎士隊は見回りと聞きました」

「そうなのよ。花火どころじゃなくって」

出店とか、たくさんあって楽しそうだ。でも、任務かあ。ザラさんがお祭り当日の騎士隊の任務について教えてくれた。

「運が良かったら、昼間が見回りで夜が半休みたいになるかも」

「だったらいいですね」

「ええ。そういう勤務だったら、一緒に花火見物に行きましょう」

「はい！」

花火、楽しみだ。王都にいるうちに一度は見てみたい。

そこで、はたと気付く。私はいつまで王都にいるのだろうかと。

「メルちゃん、どうかしたの？」

「いえ、妹の嫁入り資金はどれくらいで貯まるのか、ちょっと考えてしまって」

先月働いた分は送った。母には仕送りではなく、妹の結婚資金だと言ってある。

「妹さんは何人いるの？」

「三人です」

「結婚資金はどれくらい必要？」

「一人当たり、金貨七枚もあればいいかと」

ちなみに、私の一ヶ月の給料は金貨一枚くらい。実家には半分送っている。食堂の利用、寮費が無償《ただ》なので、できることなのだ。

一年働いて、やっと妹一人分。三年で完了する。

妹の年齢は上から十五、十四、十二。結婚適齢期は十八くらいなので、少々余裕はあるのだ。

「しかし難儀な話よねえ。結婚に条件があるなんて」

「そうなんですよ。古いしきたりなので、誰も逆らえないんです」

考えていたら、切なくなった。なんとなく、婚約解消を言い渡された日を思い出す。

言われた時はそこまで衝撃を感じなかったけれど、じわじわと尾を引いていた。

落ち込むなんてらしくない。

「あ、あのね、メルちゃん……」

「大丈夫です！　私、頑張ります！」

とりあえず、妹の結婚資金を貯めることを目標にして、そのあとはその時になったら考えよう。

励ましてくれようとしたザラさんにお礼を言う。

「ありがとうございます」

ザラさんにはお世話になってばかりだ。今度、何かお礼をすると言ったら、微妙な顔をされた。

はて、私は何か間違えたのだろうか？

あとで、ベルリー副隊長に聞かなければ。

いつもの遠征同様、交代で見張り番をする。私は明け方担当だ。

砂浜に敷物を広げ、鞄を枕に眠る。

隣にはベルリー副隊長がいた。寝付きが良いのか、すでに寝ているように見えた。

私も眠らなければ。

鷹獅子《グリフォン》は頭上にいる。ぴゅうぴゅうという寝息が聞こえていた。

敷物に寝転がったら、満天の星が視界いっぱいに広がった。キラリと、流れ星も見える。

村にいたころ、夜は外に出てはいけないと言われていたので、こういう光景は見ること
はできなかった。今は自由で、こうして星の下で眠っている。波の音とか、虫の鳴き声と
かちょっと気になる点はあるけれど。それもまた一興だろう。

騎士団にきてから、いろんな体験ができて、充実した毎日を過ごしている。

目を閉じて考えた。

これから、どんなことがあるのか。楽しみでたまらない。

それから意識が遠のき、眠りについていたが――。

『クエ～～！』

「うわ～～！」

頭上より聞こえた鳴き声にびっくりして飛び起きる。眠っていたはずの鷹獅子《グリフォン》の子ども
が、爛々《らんらん》とした目で私を見ていた。

お腹が空いたのか。それとも尿意があるのか。

まだ子どもなので、自分で排尿ができないのだ。お尻を濡れた布巾などで刺激してやら

なければならない。
『クエ～クエッ』
「はいはいっと」
むくりと起き上がり、這いつくばって鷹獅子《グリフォン》のほうへ向かう。
騒がしく鳴いていたようだが、ベルリー副隊長は目を覚ましていないようでホッ。
布巾を濡らし、鷹獅子《グリフォン》をそっと抱き上げる。
『クエ～～』
「あれ、尿意じゃないんですか」
お尻を布で刺激すれば、ジト目で私を見上げる鷹獅子《グリフォン》。ごめんなさいねと謝っておく。
水かなと思って差しだしても、ぷいっとされた。
最後は果物か。毛むくじゃらの果物の皮を剥き、差し出した。
『クエ～～！』
どうやら正解のようだ。おいしそうに果物を突《つつ》いていた。
お腹いっぱいになったら眠ってくれるかと思ったけれど、頭上でクエクエ鳴いていた。
「君はもう寝たまえ」と言っても聞かない。
時計を見たら、二時間ほど寝て、起こされたようだ。
昼間、たっぷり眠っていたので眠れないとか？

仕方がないので、抱き上げて焚火のほうへ近付く。ルードティンク隊長が見張り番をしていた。

「どうしたんだ？」

「鷹獅子《グリフォン》が寝ないんです。ベルリー副隊長を起こしたらいけないので」

以降、特に会話をすることはなく、じっと焚火を眺めていた。

ふいに、お腹がぐうっと鳴る。

「なんか、小腹が空きましたね」

「俺は別に」

「そうですか。……あの、甘い物を作ってもいいですか？」

「好きにしろ」

許可が下りたので、簡易かまどのある焚火に鍋を置き、熱する。

使う材料は、ガルさんが採ってくれた芭蕉実《バナネ》。王都では高級品として流通しているらしい、黄色くて細長い南国果物である。

それをナイフで縦に割る。

鞄より取り出したのはざらめ糖。南国果物料理を教えてくれた食堂の隊員からもらったのだ。

ざらめ糖を芭蕉実《バナネ》の形に鍋に落としていく。ざらめ糖が溶けて、ふつふつとしてきたら、切り目を下にして焼いていくのだ。

溶けたざらめ糖がキャラメル色になったら、皿――その辺で拾った葉っぱに盛り付ける。

芭蕉実《バナネ》のキャラメル焼きの完成だ。

「ルードティンク隊長も食べます？」

隣から視線を感じたので聞いてみたが、匂いだけで胸やけしそうだと言われてしまった。

ルードティンク隊長のことは気にせずに、芭蕉実《バナネ》のキャラメル焼きをいただく。

表面は飴のようにパリパリになっていて、とても香ばしい。実の部分は濃厚で、甘酸っぱかった。

今までの南国果物と違い、水分は少なく、どちらかと言えばほっくりとした食感をしている。熱することにより甘みも豊かになっているようだった。

『クエクエ～～』

鷹獅子《グリフォン》も芭蕉実《バナネ》を食べたがった。キャラメル付きは体に悪そうなので、皮を剥いた物を与える。

喜んでがっつく鷹獅子《グリフォン》。

「しかし、この子こんなに食べて大丈夫なんでしょうか？」

「まあ、何も食わないよりはいいだろう」

「そうですね」

「それよりも、お前にだけ懐いているのが気になる」

「う……はい」

別に、特別に愛情を注いでいるわけじゃない。業務の一環として接しているだけなのに、私以外には触れさせないいし、食べ物も受け取ってくれない。

思わず、心配事を口にする。

「これ、帰ったら鷹獅子《グリフォン》の飼育係に任命されたりしないですよね？」

目が合ったルードティンク隊長は、ふいっと逸らす。

「そんな、否定してくださいよ！」

自分の生活だけでもいっぱいいっぱいなのに、生き物のお世話なんてできるわけがない。

それに、夜泣き（？）をするので、周囲の人に迷惑がかかる。寮でお世話は無理だろう。

「まあ、あれだ。ザラの家に行けばいいのでは？」

「ザラさんの家には山猫《ブランシュ》がいます」

「そうだったな」

山猫《イルベス》と鷹獅子《グリフォン》の相性はどうなのか。鳥と猫だ。たぶん、よくはないだろう。

「とにかく、王都に連れて帰るまで、お世話はしますが、以降は専門家にお任せします」

「わかっている」

そんな話をしているうちに、鷹獅子《グリフォン》は眠ってしまったようだ。

「どうしましょう。動かしたら起きるでしょうか？」

「こんな所に置いておいて、朝方焼き鳥にでもなっていたら大変だろう」

「縁起の悪いことを言わないでください！」

でも、本当に焼き鳥になっていたら困るので、そっと抱き上げる。

鷹獅子《グリフォン》の子どもは幸せそうな寝顔を浮かべ、ぐっすり眠っている。どうか、朝まで起きませんようにと願ったけれど、残念なことに叶わなかった。

その後、排尿、水、食事と三回に渡って起こしてくれた。

本当に、ありがとうございますと言いたい。

ああ、朝日が綺麗だ。（現実逃避）

前日の花火を見た水兵部隊の船が迎えに来てくれたが、私は鷹獅子《グリフォン》に何度も起こされ寝不足だった。

「ふわあ～」

呑気に欠伸なんかしていたら、ベルリー副隊長に「船で休むといい」と言われてしまった。

間抜け顔を見られて恥ずかしくなる。

鷹獅子《グリフォン》は元気いっぱいである。折れた翼も治ればいいけれど。これは専門家に任せるしかない。

「あと少しのお付き合いですが、よろしくお願いいたします」

『クエクエ！』

できれば船では大人しくしておいてくださいねと、重ねてお願いをしておく。

小舟で船に近づき、乗船する。

いざ、出発！

ボーッと、船が出ることを伝える汽笛信号が鳴った。ゆらゆらと、船は揺れながら動き始める。

すると、ルードティンク隊長の顔色が一気に悪くなり、海に向かって――。

「あ～あ、ついにやってしまいましたね」

大変な事態となっていた。乗って早々、気の毒な話である。

鷹獅子《グリフォン》をガルさんに預かってもらう。なぜか、ガルさんには少しだけ気を許しているのだ。

そして、船縁に体を預けたままのルードティンク隊長の背中を摩《さす》る。

「大丈夫ですか」

「大丈夫に、うっ、見える、か⁉」

「まったく見えないですね」

酔い止めの香り袋を嗅いだかと聞いても、強い匂いは嫌いだと叫ぶ。

ツボ押しも痛いから嫌だと拒絶するのだ。

「もう、だったらどうすれば――」

『クエッ、クエクエ～～！』

振り返ると、ガルさんの腕の中でジタバタと暴れる鷹獅子《グリフォン》が。どうしたのだろうか。

駄々をこねるルードティンク隊長は放置して、鷹獅子《グリフォン》を受け取った。

すると、すぐに大人しくなった。

食事か、尿意か、はたまた水か。船の端に置いてある樽に座って全部試してみたが、どれもぷいっ！　なんじゃそりゃ。

「たぶん、嫉妬したんだと思うの」

「何ですか、それ？」

隣にいたザラさんが、鷹獅子《グリフォン》の行動について解説してくれた。

「メルちゃんがルードティンク隊長につきっきりだったでしょう？　だから、嫌だって思ったのよ」

「ええ～、まさか」

きっと、気まぐれだろう。

頼みますから大人しくしておいてくれと、再度丁寧にお願いしてみた。

『クエ！』

「あら、良いお返事ね」

「返事だけは立派なんです」

ルードティンク隊長は相変わらず、具合が悪そうにしていた。

現在、ガルさんが傍で見守ってくれている。

「それにしても乗り物酔いって、どうして起こるのかしら？」

「自律神経――体の調子を整える神経の失調状態とも言いますね」

乗り物に乗っている時、連続的な動作が視覚、知覚などの神経と調和が取れず、脳が混乱し、酔ったような状態となるのだ。

「なるほど。だから、ルードティンク隊長が操縦する小舟に乗っている時は酔わなかったと」

「そうですね」

何か良い食べ物などはないかと考える。

「甘い物を食べれば、血糖値が上昇して脳が覚醒すると聞きますが」

「あの人、甘い物苦手だから」

「嫌がりそうですね」

そんな理由で却下。

「生姜《ゼンゼロ》は二日酔いにいいと聞くけれど」

「あ、それ、いいですね」

生姜《ゼンゼロ》は胃の調子を整える効果がある。

そういえば、つわりの酷い妊婦さんもすりおろした生姜《ゼンゼロ》を食べていたような。

「へえ、でも、生姜《ゼンゼロ》を生で食べるって、結構辛くない？」

「ですよね」

妊婦さんは湯に入れて、蜂蜜《ミエレ》を垂らして飲んでいたような気がする。

ルードティンク隊長は蜂蜜《ミエレ》も嫌がりそうだ。

「仕方がないですね。生姜《ゼンゼロ》の酢漬けでも作りますか」

たぶん、食堂に材料はあるだろう。頼んだら、分けてくれるはず。

ザラさん、鷹獅子《グリフォン》と共に、移動した。

「生姜《ゼンゼロ》の酢漬けなんて初めて聞いたわ」

「そうなんですね。私の村では秋ごろに収穫した物を酢漬けにしたり、乾燥させたり、蜂蜜漬けにしたりして保存するんですよ」

そういえば、父が飲み会に出かけた次の日の朝、生姜《ゼンゼロ》の酢漬けを食卓に出すよう頼まれたことが何度かあったような。二日酔い緩和のために食べていたのだろう。

「噛んだ時に、ガリッて食感があるので、うちの村では『ガリガリ』って呼ばれているんです」

「ふうん、そうなの」

食堂で事情を話すと、快く材料を譲ってくれた。ただし、船酔いする隊員もいるので、作り方を教えてほしいとのこと。

「教えるというほどでもないのですが――」

材料は生の生姜《ゼンゼロ》、酢、砂糖、塩。

まず、鍋の中に酢、砂糖、塩を入れ、ザラザラ感がなくなったら、火を消す。

粗熱を取っている間に、生姜《ゼンゼロ》の処理をする。皮を剥き、薄く切りわけるのだ。

『クエクエ～』

鷹獅子《グリフォン》が生の生姜《ゼンゼロ》をくれと鳴き声を上げる。これは食べられないだろう。無理だと思って果物を与えたが、ぷいっと顔を背けるばかりだ。

「仕方がないですね。不味くても知らないですよ」

『クエ！』

薄く切った生姜《ゼンゼロ》を与える。喜んでぱくつく鷹獅子《グリフォン》。だけど、辛かったのか涙目になり、ぺっと吐き出した。

「だから言ったでしょう」

『クエ～～』

口直しに果物を与える。以降、鷹獅子《グリフォン》は大人しく調理を眺めていた。

その後、塩を揉みこんで数分置く。水分が出たら絞り、その上から熱湯をかけ、冷水に浸して灰汁《あく》を抜く。使う瓶は熱湯でしっかり煮沸消毒する。基本だ。

しっかり水分を絞り、粗熱の取れた甘酢に漬け込んだあと二時間～三時間ほどで完成となる。

調理終了から二時間。

私とザラさん、鷹獅子《グリフォン》は、生温かい目で船酔いをしているルードティンク隊長を見守っていた。

そろそろガリガリが漬かった頃だろうと思い、食堂へ移動。

食堂担当の隊員達も興味があるようで、覗き込んでいた。

「二～三日漬けたらもっとおいしいんですけどね」

保存可能期間は一年ほど。冷暗所に置いておく。

皆で味見をしてみることに。甘酢の優しい甘みのあと、生姜《ゼンゼロ》のピリッとした辛みを感じる。

食感はパリパリシャキシャキ。とてもおいしく作れている。

「ザラさん、どうですか？」

「さっぱりしていておいしいわ。これならルードティンク隊長も食べられると思う」

「良かったです」

食堂の隊員達にも好評だった。さっそく、メニューに取り込むらしい。

船酔いをして食事を残されると悲しいと話していた。これで、食欲がない隊員も救われるかもしれないとも。お役に立てて何よりである。

そして、さっそくルードティンク隊長にガリガリを持っていった。

砂糖と酢、塩で漬けた生姜《ゼンゼロ》だと言うと、訝しげな視線を向けてくる。

「なんだ、砂糖漬けか？」

「いいえ。これは酢漬けよ。甘い食べ物じゃないの」

「甘じょっぱくて、さっぱりした食べ物です。きっと、船酔いの緩和になるかと」

ザラさんと二人で説得し、なんとか食べてもらえることに。

食欲などまったくないと、文句を言いながらガリガリを食べるルードティンク隊長。

「どう？」

ザラさんの問いかけに、ルードティンク隊長は消え入りそうな声で「悪くない」と言っていた。

その後、昼食を食べに食堂へ現れたルードティンク隊長。なんと、顔色が良くなっていたのだ。食欲も戻っていたようで、ひと安心。

「へえ、ガリガリですか」

ウルガスも興味があるようで、ルードティンク隊長からもらっていた。

「うわ、これ好きなやつです」

もう一枚と要求していたけれどルードティンク隊長は酔い止めの薬だと言って、譲ろうとしない。

「個人的に食いたいのならば、リスリスに頼め」

「いや、そんなの悪いですし」

「別にいいですよ」

「やった！」

私の安請け合いに、しっかり者のザラさんから助言が入る。

「メルちゃん、お金はきちんと取ったほうがいいわ」

「なるほど。では、銀貨一枚で」

「高っ！」

ぼったくり価格を提示すると、ウルガスは跳び上がって驚いていた。

ガルさんの笑いのツボに入ってしまったのか、口元を押さえ肩を震わせている。

ルードティンク隊長からは、副業は禁止だと怒られてしまった。

＊

鷹獅子《グリフォン》のお世話をしていたら、あっという間に夜になった。

寝室はベルリー副隊長と同室。

「鷹獅子《グリフォン》がうるさいかもしれませんが」

「ああ、構わない」

なんでも体内時計が働いているようで、一度寝たらなかなか起きないんだとか。

すごいところは緊急事態とか、殺気を感じたら目を覚ますということ。仕事人だ。

『クエクエ～～！』

鷹獅子《グリフォン》は今宵も絶好調。頼むから早く寝てくれ。お願いしますと、ひれ伏して願う。

そんな私達のやりとりを見ていたベルリー副隊長が、寝転がった状態で話しかけてきた。

「そういえば、気になっていたんだが」

「はい？」

なんだろう？

ベルリー副隊長より、何か悩みがあるのではないのかと指摘される。

頭を悩ませていること。強いて挙げるとしたら、鷹獅子《グリフォン》の件だろう。私だけに懐き過ぎている。どうしてこうなったのだと。

「契約を結んでいない幻獣に好かれるのは才能だ。国も悪いようにはしないだろう」

「だといいんですけれど」

ベルリー副隊長が大丈夫だと言うので、気にしないことにした。私は前向きなのだ。

「他には？」

「え？」

「リスリス衛生兵は、たまに強く我慢をしている時があるだろう？」

指摘されて、どきんと胸が高鳴る。

「前に、ルードティンク隊長が野ウサギと呼んでいたことを嫌がっていたと気付かず、すまないと思っていた。ザラが指摘するまでなんとも思っていなかったんだ。ああいう愛称で呼ぶのは騎士隊ではよくあることで、ルードティンク隊長はリスリス衛生兵が可愛くて、呼んでいたのだ」

可愛いからという理由はありえないだろう。ルードティンク隊長はエルフの長い耳を見て、野ウサギと呼んでいたに違いない。まあ、動機なんぞどうでも良かった。今はきちんと名前で呼んでくれるし。相談しなかったり、聞かなかったりした私も悪い。

ベルリー副隊長は眉尻を下げ、謝ってくれた。とんでもないと首を横に振る。

「気になることがあればどんどん相談してくれ。私は騎士隊の習慣が染み込んでいて、リスリス衛生兵にとっての非常識であることがわからないのだ」

そんなことはなかったと首を横に振る。振り返ってみると、きっとルードティンク隊長が気安く呼んでくれたおかげで私は第二部隊に馴染めたのだ。

「仕事のこと以外でもいい。リスリス衛生兵は兄弟が多かったからだろうか、いろいろと、行動を起こす前に諦めていないか？」

確かに、ベルリー副隊長の言う通りだと思う。気になることがあっても、「まあいいか」で済ませてしまう場合が多い。父や母と話したいことがあっても、毎日忙しそうにしているし、疲れている後ろ姿を見れば諦めてしまうことが多かった。その癖が抜けきれていなかったのだろう。

「ありがとうございます。その、嬉しいです」

「遠慮なく話してくれると、私も嬉しい」

さっそくで悪いけれど、気になっていたことを相談することにした。

「あの、ザラさんのことについてなんですが――」

私のうっかりな発言が原因で、悲しそうな顔をさせてしまうことが多いのだ。どうすればいいのか、わからないでいる。

「そうか――ザラは、そうだな。繊細なんだよ」

ベルリー副隊長が前にいた部隊で、ザラさんとは上司と部下の関係だったらしい。

「派手な見た目で底抜けに明るく、遊んでいそうな印象があるが、実際は雪国育ちの真面目で大人しい青年で……」

「わかります」

食堂で出会った時はいろんな人に抱擁したりして、明るくて賑やかな人だと決めつけていた。けれど、接するうちにザラさんは家でゆっくり本を読んだり、料理をしたり、刺繍をしたり、静かに過ごすのが好きな人なのかなと思ったりしている。

「前の部隊は女性騎士が多くて、いろいろあったのだ」

「いろいろとは？」

「まあ、いろいろだ。……ザラに近寄って来る女は、期待するのだよ」

「期待、ですか」

「ああ。遊び慣れていて、楽しませてくれると」

「なるほど」

ザラさんの見た目と中身の差にガッカリしてしまうのだとか。北部にある雪深い地方の出身だと知ったら、田舎者だと言われて深く傷ついていたと。

「たぶん、ザラは怖いのだろう。親しくなった相手に対して、自分の気持ちをさらけ出し嫌われることが」

「そう、だったのですね」

コクリと、深々頷くベルリー副隊長。

「そんなわけで、リスリス衛生兵は何も悪くない。ザラが臆病なだけなんだ。だから、気持ちがわからなければ、直接聞いてくれ」

「はい、次からそうしてみます」

ベルリー副隊長に相談してよかった。わからないことは聞いていいのだと、教えてもらった。

「ありがとう。私もザラのことは気にかけていたんだが、なかなか踏み込めるような話題ではなくて……」

「ですよね」

最後まで話を聞いて、はたと気付く。

「あの、これって私が聞いても大丈夫なことでしたか？」

「リスリス衛生兵は誰かに話したりはしないだろう」

「そうですけれど、私的なことなので」

「ならば、先ほどのザラの話はすべて私の寝言だ。そういうことにしておこう。おやすみ」

「え!?　あ、はい……おやすみなさい」

『クエ～～～～』

最後の鷹獅子《グリフォン》の気の抜けるような鳴き声で、脱力してしまった。

そのまま瞼を閉じる。

今日はなんだかゆっくり眠れそうな気がした――けれど。

『クエクエ～！』

「ですよね～～」

鷹獅子《グリフォン》の目は爛々としていた。

ベルリー副隊長はむくりと起き上がり、申し訳なさそうに言ってくる。

「私が世話を代われたらいいのだが」

「いえ、大丈夫です。ウルガスとか、噛まれましたし」

どうしても鷹獅子《グリフォン》と仲良くなりたいウルガスは、果敢にも触れあおうと手を伸ばしていたのだ。夕方、ついに噛まれてしまった。甘噛みなので、出血とかはしていなかったことは幸いだけど。

「不思議だな。鷹獅子《グリフォン》はリスリス衛生兵を母親のように慕っているように見える」

「困りますね」

森の仲間的な親近感があるのかもしれない。

王都に着いたら専門家に任せるので、この苦労も数日でおさらばだろう。

鷹獅子《グリフォン》をお腹の上に載せて、相手をする。

『クエ～』

「はいはい」

『クエ！』

「はい、寝ましょう」

そんな感じで、船で過ごす夜は更けていった。


翌日、ルードティンク隊長が空になった生姜の甘酢漬け《ガリガリ》の瓶を返してくれた。

「えっ、食べるの早すぎですよ！」

「酒の肴にした」

「馬鹿な！」

生姜五個分《ゼンゼロ》を漬けた物なのに、一晩で食べてしまうとは。

「体にいいからと言って、食べ過ぎも良くないんですよ」

「だな。しばらくガリガリは食べなくてもいい」

どうやら飽きてしまった模様。って、知らんがな。

話はそれだけではなかった。具合が悪くなったので、何か対策はないかと聞いてくる。

「異国の言葉で、『病は気から』という言葉があります」

「船酔いは思い込みだと言うのか？」

「だって、馬車は平気だったじゃないですか」

私の指摘に、ルードティンク隊長はぐぬぬとなる。

「ルードティンク隊長、叫んでみましょう。自分は船酔いしないと」

「馬鹿みたいだろう？」

「背に腹は替えられません」

叫ぶ先は広い海原。誰も咎める者はいない。たぶん。

船酔いが怖いですかと聞いたら、悔しそうな表情を浮かべる。

「打ち勝つのです。船酔いに。自分に言い聞かせるのです。船酔いなんぞ、とるに足らないことだと！」

ルードティンク隊長をなんとか説得した。私は広大な海を指し示し、どうぞと勧める。

「……俺は、船酔いなんかしない」

「もっと大きな声で！」

「俺は船酔いしない！」

「まだまだ！」

「俺は、船酔いなんか、しない!!」

「もう一声！」

「俺は――って、何を言わせるんだ！」

耳元で大声を出すので、びっくりしてしまった。

『クエクエ！　クエクエ～～！』

樽の上に置いていた鷹獅子《グリフォン》も、驚いたようだ。クエクエと文句を言っている。

傍に寄って、額をかしかしと指先で撫でながら「根は優しい山賊ですよ～」と伝えておいた。

「どうですか、船酔いは？」

「まあ、気にしないことにした」

「ですね。それが一番です」

何か不調があれば教えてくださいと言って、この場を離れる。

『クエクエ～～』

抗議の鳴き声が聞こえる。鷹獅子《グリフォン》を樽の上に忘れて去ろうとしていた。危ない、危ない。

「あなた、なんか重たくなりましたよね？」

『クエ！』

ずっしりと重い鷹獅子《グリフォン》を抱き上げる。

食堂に行くと、ガリガリの大量生産が行われていた。夕食で出した浅漬けが好評だったらしい。

暇だったので、私も皮剥きを手伝う。

鷹獅子《グリフォン》は南国果物の盛り合わせをもらい、上機嫌。生姜《ゼンゼロ》を見せたら昨日のことを思い出したのか、目を細めて顔を背けていた。

一時間ほどで作業は完了する。料理番の隊員から感謝された。

「リスリス衛生兵、ありがとうございました、助かりました」

「いいえ、手が空いていたので」

お礼にと言って、上官に出す甘味の残りをわけてもらった。

「わっ、ゼリーだ！」

ゼリーとは果汁などを膠《にかわ》で固めた物である。

絵本などでよく出てくる食べものだけれど、実際に食べるのは初めてだ。

料理番の隊員は語る。

「果物の欠片とかをすって作った物なんですよ」

「絶対においしいやつですね」

さっそく、いただくことにする。

匙で掬《すく》うと、ぷるんと震えた。口に含めばつるりとした食感と、ほのかな甘みが広がった。

舌の上でほろほろと解れ、のど越しも良い。

まさしく、夢物語に相応しい食べ物だなと思った。

悲惨な獄中ごはん

船での待機時間を使い、鷹獅子《グリフォン》について報告書をまとめた。どこで発見したか、どういう状態か、現状についてなどなど。

性質についてもきちんと書いておいた。第一発見者である私にだけ気を許していること。第二発見者のガルさんには少しだけ気を許していること。その他の隊員には、警戒心を剥き出しにしていること。ウルガスに噛み付いたこと。ささいなことも、詳しく書き綴る。

ルードティンク隊長に提出すると、問題ない内容であるとお許しをもらった。

これで、私の鷹獅子《グリフォン》に対するお仕事は終わったようなものだ。

怪我は大分良くなったのか、かなり元気になったと思う。けれど大きな翼で均衡を保っているからか、上手く歩けないようだ。その点だけ心配である。

果物も皮を剥いてあげなければならない。

「こう、皮に爪を入れて、ぐっと剥くのですよ」

『クエ？』

覚えるかもしれないと、果物の皮の剥き方なんぞを教えてみたけれど、伝わるわけもなく。

「やっぱり無理ですか」

『クエ〜〜』

今日も呑気に、鷹獅子《グリフォン》は鳴いていた。

＊

やっと王都近くの港に辿り着いた。もうすぐ春だというのに、雪がはらはらと降っていて外套の合わせ部分をぎゅっと握りしめる。南国から寒い地域への移動は辛い。

なんなら、南の島での警護部隊とかあったらいいのにと思う。

森林蟹《フォレ・ガヴリ》はおいしいし、果物は食べ放題だし、最高だった。虫と蛇は嫌だけど。

「ルードティンク隊長、大丈夫ですか？」

顔色の悪い山賊——ではなくて、ルードティンク隊長が振り返る。

「案ずるな。俺は、船酔いを克服したのだ」

「そうでしたね」

気にするなと言うので、そのままにしておく。

港には大勢の人達が並んで待機している。鷹獅子《グリフォン》を迎えに来たのだろう。

一歩前に出ている五十代くらいのおじさんは、王宮幻獣保護局の局長らしい。

暗い紫色の髪をきっちりと整えた紳士だ。だが、優しさは一切感じない。目元はキリリとしていて鋭い。結構な強面おじさんである。腰には、乗馬用の鞭のような物が差さっている。あれで幻獣を躾けるのだろうか。嫌な予感しかしない。

「鷹獅子《グリフォン》、新しい家族が迎えに来てくれましたよ」

『クエ～？』

契約を拒否した幻獣は、西部にある保護区に運ばれる。そこで、のんびりと暮らすのだ。

他に数頭、鷹獅子《グリフォン》がいるというので安心だろう。

「局員さんを困らせたりしたら、ダメですからね」

『クエ？』

上目遣いで私を見る鷹獅子《グリフォン》。

「ウッ……」

言葉もなく困っていたら、スリスリとすり寄ってくる。

こうやって数日一緒にいたら、愛情が湧いてしまうのも仕方がない話だろう。

けれど、ここでお別れだ。

船から階段が降ろされる。ルードティンク隊長が降り、ベルリー副隊長が続く。ガルさん、ウルガス。ザラさんは振り返り、私を労《ねぎら》ってくれた。

「メルちゃん、よく頑張ったわ。慣れない幻獣のお世話、大変だったでしょう？」

「いえ……。実家の弟や妹のお世話と、そう変わらないものでしたから」

「そう」

ザラさんが優しく背中を撫でてくれた。じわりと、目頭が熱くなる。早く降りねば。おじさん局長の目が「幻獣を渡せ！」と言わんばかりに、キラリと光ったような気がした。

先にザラさんが降りていく。私は最後のお別れを短く済ませた。

「元気で、暮らすのですよ」

『クエクエ？』

別れだということを理解していないようだ。赤ちゃんだから仕方がないだろう。

「悲しいですが……」

『クエ～』

ぐっと唇を噛みしめ一歩を踏み出す。階段を降りて一列に並んだ。

よく幻獣を連れ帰ったと、局長より労いのお言葉をもらった。

それから局長は鷹獅子《グリフォン》に声をかける。

「鷹獅子《グリフォン》よ、よくぞ帰った」

鷹獅子《グリフォン》はクエッとも鳴かずにぷいっと顔を逸らす。一瞬、幻獣保護局局長の笑顔が凍ったように見えたが、気のせいだろう。

「それにしても――」

私の腕の中で大人しくしている鷹獅子《グリフォン》を見て、局長は驚いていた。

第七王女様の報告によると、暴れて手が付けられない状態だったとか。

ルードティンク隊長は私が書いた報告書を手渡しながら、説明をする。

「発見し、保護をした隊員には、心を許しているようで」

「まさか、そんなこと、あるはずが――」

報告書に詳しく書いてあると、ルードティンク隊長は書類を手渡した。

局長は一瞥もせずに部下に手渡し、鷹獅子《グリフォン》のもとへ戻って来る。

ぞろぞろと、部下らしき人達もやって来た。武装しているようで、先の尖った棒や、大きな革袋を持っているのが気になるが……。

「鷹獅子《グリフォン》をこちらに渡せ」

「……はい」

『クエ⁉』

鷹獅子《グリフォン》を差し出す。怪我を負っていると言うと、見ればわかると怒られてしまった。質問する以外、喋るなとも。

「私は幻獣の専門家なのだ。馬鹿にしているのか？」

「い、いえ、そんなことは――」

乱暴な扱いはして欲しくない。警戒心が強いだけで、根は良い子なのだ。そのことを伝えたかったが、発言することは許されなかった。

鷹獅子《グリフォン》に手を伸ばしたのは、部下っぽい局員。

『クエ!!』

「痛っ!!」

さっそく、鷹獅子《グリフォン》は局員に噛みついた。

「何をしているんだ。鷹獅子《グリフォン》は前方から触れようとすれば、害をもたらすと教えただろう」

なるほど、そうだったのか。だからウルガスは噛みつかれたのだ。

一応、専門知識はあるようで安心する。けれど、高圧的な態度がどうにも気になるのだ。

周囲の異変を感じ、クエクエと低い声で鳴く鷹獅子《グリフォン》。私にしがみつき、「大丈夫だよね？」と問いかけるように見上げてきた。思わず視線を逸らしてしまう。胸が締め付けられるようだった。

「目隠し帽はどうした？」

私のほうを見ている隙に、鷹獅子《グリフォン》に目隠し帽が被せられた。乱暴に帽子を被せられ、加えて突然視界が暗くなったからか、不安そうな鳴き声をあげる。混乱状態にあったが、私に爪を立てることはなかった。

局員が鷹獅子《グリフォン》の胴に手を伸ばした。

『クエエエエエ～～!!』

今まで聞いた中で、一番の絶叫。ジタバタと暴れ、局員に爪を立てて深い傷をつける。

「ぎゃあ！」

「早く袋へ」

「怪我をしていますが？」

「構わない」

保護局の行動とは思えない、酷い扱いだった。けれど、現状として怪我人も出ている。

「……メルちゃんに任せて運べばいいのに」

ザラさんがぽつりと呟く。

「向こうにも、専門家であるという自負心があるのだ」

ベルリー副隊長が、切なげに答えていた。

乱暴に革袋に押し詰められ、運ばれて行く鷹獅子《グリフォン》。

いつの間にか、ボロボロと涙を流していた。ザラさんが、そっと手巾《ハンカチ》を手渡してくれる。

保護区に行けば、仲間がいるのだ。だから、今は辛抱をと、そんなことを考えていると、
局長がツカツカと歩いてきた。

私の前にやってきて、手を振り上げた――かと思えばパンという乾いた音と、頬に鈍い痛みを感じる。

「ちょ、ちょっと、何をするの⁉」

ザラさんが抗議する。私は今になって、頬を叩かれたのだと気付いた。

「お前が鷹獅子《グリフォン》の扱いを間違ったから、あのようになった」

「す、すみません」

「あなた、何を言っているの⁉　報告書は読んだ？」

じろりと、ザラさんをも睨む局長。発言を非難するように、ある問いかけをした。

「お前、生意気な口を利くな。名前と階級、出身を言え」

「……」

ザラさんは沈黙している。ふいと、顔を逸らした。

すると、局長は腰の鞭を手に取り、ザラさんの頬を打った。鞭の先端で正面を向かせたあと、顎に当てて顔を上げさせる。

「質問が聞こえなかったか？　それとも、言葉がわからないのか？」

「ザラ、言え」

ルードティンク隊長が命じると、ザラさんは局長の質問に答える。

「北にある……フォルトナーラ」

一瞬、局長は顔を顰めたが、すぐに思い当たったようだった。

「ふん、どこかと思えば――地図にも載っていない、辺境の地ではないか。未開の地の蛮人め。ザラ・アート。覚えておけよ」

なんてことを言うのだ。その場で地団駄を踏みたくなる。

幻獣保護局の局長、信じられないくらい嫌な奴だ。早く王都に戻ればいいのに。

わなわなと震えながらそんなことを考えていたら、私の前にやってくる。

「両手の甲を見せろ」

「え？」

「早く」

命じられるがまま、手の甲を見せた。

「あ、あの、これは……？」

「勝手に話しかけるなと言っただろう！　いいから命令通りに動け。次、腕を見せろ！」

隣でザラさんがわずかに動くのがわかったが、ルードティンク隊長に名前を呼ばれ、止められていた。大丈夫だと、視線で合図する。

腕部分の服をめくり、裏表返して見せた。顔を近づけ、謎の確認をしていく局長。ぞわりと、悪寒で肌が粟立つ。

「なるほど。簡単に見せられる場所に契約刻印はないと」

「え⁉」

まさか、鷹獅子《グリフォン》と契約をしたと勘違いされている？

馬鹿な。そんなこと、絶対にない。

「局で全身をくまなく確認する。来い」

夫以外に肌を見せてはいけない。そういう教えと共に育ったので、ギョッとする。

腕を掴まれそうになったが、局長の手は空振りで終わる。

なぜならば、ザラさんが私の体を引き寄せたからだ。

局長は目を剥き、逆上する。

鞭を振り上げたが、それが私やザラさんに当たることはなかった。

「――え？」

驚きの光景が目の前で起こる。

ルードティンク隊長が、局長に見事な蹴りを食らわせていたのだ。

「ぎゃあああ‼」

叫び声と共に、ぶっとぶ局長。ごろごろと転がっていく。

すぐに、局長の補佐官が叫んだ。武器を使用してもいいので、ルードティンク隊長を拘束しろと。

「なんだ、やるのか？」

こちらに背中を向けていたルードティンク隊長は、そんな物騒なことを呟く。

「ご、ご乱心だ～～！」

ウルガスが叫んだ。本当にその通りだと思う。

三十人くらいだろうか。一気に向かってくる、武装した幻獣保護局の人達。

戦闘訓練を受けている者達だろう。全身鎧を纏《まと》い、各々の得物を掲げてこちらへ向かってくる。

「メルちゃん。私、ここの部隊に入隊できて、本当に良かった」

ザラさんはぽつりと呟き、颯爽と走り出す。向かってきた局員を蹴り上げていた。

続く、ガルさん。

どうしようと、私はオロオロするばかり。

ベルリー副隊長も、困った表情で仕方がないと言って、乱闘に加わっていた。

どうやら、ルードティンク隊長達は武器を使わずに、素手で戦っているらしい。少人数で武装した集団に応戦するとは。

もう、涙が止まらない。どうすればいいのか。

そんな私に、ウルガスが話しかけてくる。

「リスリス衛生兵、大丈夫ですよ。ルードティンク隊長の山賊力を信じましょう」

ルードティンク隊長の山賊力とはいったい……。

ちなみに、ウルガスは近接戦が苦手らしい。

さんざん暴れたあとで、私達は駆けつけた騎士隊に拘束された。

皆、抵抗せずに、大人しくお縄となった。

私達は王都に移送され、一人ずつ独房に入れられる。

ずっと、放心状態で過ごした。

夕方、食事が運ばれてくる。薄いスープに硬いパン、水。

スープは野菜の皮が申し訳程度に浮かんでいる。灰汁抜きをしていないからか、濁った色合いだ。

パンは石のように硬い。釘が打てそうだと思った。

これが、噂に聞いた獄中ごはん。

「うっ……！」

お約束のことながら、死ぬほど不味かった。

＊

頑丈な鉄格子、硬く冷たい石の床、窓もなく一日中暗い。

三食、不味い食事が運ばれてくるばかりであった。

独房に机などなく、藁《わら》を編んだ敷物に雑巾を丸めたような枕、清潔ではない厠《かわや》があるのみ。

見張りの騎士などは女性だけれど、なかなかきついところがある。最低最悪の環境だ。

周囲の独房からは物音一つしない。きっと、この辺りは私以外誰もいないのだろう。

他の人達はどこに連れて行かれてしまったのか。拘束されてから丸一日経ったが、事情聴取などはいっさい行われていない。

ルードティンク隊長とか大丈夫だろうか。ああ見えて繊細な人だ。大貴族のお坊ちゃまでもあるし、いろいろと問題になっていないといいけれど。

ふと、自分達がただの冒険者だったら、などと考える。

きっと誰かが脱獄して、助けてくれるに違いない。それから、幻獣保護局に乗り込んで、鷹獅子《グリフォン》を救いに行くのだ。そんな妄想に耽《ふけ》り、時間を潰す。

二日目の夕方、だろうか。一日中暗いので、時間の感覚を失ってしまった。

二人分の足音が聞こえる。

食事も見回りも一人なので、いったいどうしたのかと、鉄格子に身を乗り出した。

やって来たのは女性騎士と、眼鏡を掛けて白衣を着ている知識人《インテリ》っぽい若い女性。年頃は二十歳前後か。

明るい紫色の長い髪に、翡翠のような目を持つ、すらりとした体型の美人である。

一緒にいた女性騎士の淡々とした声で、驚きの内容が言い渡された。

「鷹獅子《グリフォン》との契約刻印がないか、調べさせて欲しいそうです」

驚いた。まだ疑っていたのかと。どうしようもない怒りが湧き上がった。そのままの感情を口にする。

「失礼ですね。断固拒否します」

幻獣保護局の女性になぜだと、強い口調で問われた。

契約刻印なんかどこにもないからだと答える。

「それって任意ですよね。幻獣保護局に、強制する力はあるのですか？」

「それは――」

ないらしい。勘で言ったことだけれど、当たっていたようだ。

「もしかして、鷹獅子《グリフォン》が食事をとらないのでしょうか？」

沈黙する局員。これも肯定と解釈していいだろう。

「鷹獅子《グリフォン》をここに連れてきてくれませんか？　食事を与えますので」

「あなたとの契約を解除すれば、鷹獅子《グリフォン》は食事をとるようになるわ」

だめだこりゃ。言うことを聞きそうにない。

「だったら、仕方がありません」

鷹獅子《グリフォン》のために、幻獣保護局の要求に応じる。その代わり、いくつかの条件を挙げた。

「自分だけ裸になるのは馬鹿みたいなので、あなたも裸になってください。それから、契約の刻印がなかった場合、局長共々謝罪に来てください。あと、ここからの解放も。第二部隊の隊員全員ですよ」

「なんですって⁉」

どうだと局員の女性を見る。信じられないとばかりに、私を見下ろしていた。

「な、なんでそんな条件を、わたくしが呑まなければならないの？」

「別に呑まなくてもいいですが、このままだったら鷹獅子《グリフォン》は死にます」

「！」

女性の目が驚愕で見開かれる。

幻獣保護局の人は私達が想像もできないほど、幻獣を大切に思っているのだろう。

欲張りな条件だけれど、きっと呑んでくれると思った。

「もしも、契約の刻印があった場合は、好きにしてください」

契約刻印を焼き鏝《ごて》で潰しても構わないと宣言しておく。

私の体の確認を命じられていたであろう局員は、最終的に頷いてくれた。

最後に、もう一つ提案をする。

「あの、体の確認なんですが、お風呂でしませんか？」

＊

契約刻印の確認は、騎士隊の女性専用大浴場で行われた。

女性騎士も数名いるが、もれなく全員裸である。

私達だけ裸だと恥ずかしいので、付き合ってくれたようだ。心遣いに感謝する。

お風呂に入るのは数日ぶりなので、我ながら素晴らしい提案だと思った。

女性騎士のみなさんは、まあ、引き締まったお体で。腹筋がバキバキになっているのを見て、さすがだなと思った。

幻獣保護局の局員の女性は、出るべきところは出ていて、引っ込んでいるべきところは引っ込んでいる。理想的な体つきをしていた。生まれ変わったらあんなスタイルになりたい。

「ちょっと、こっちを見ないでよ」

「すみません」

どうやら、局員の女性は裸を見られるのが恥ずかしい模様。両手で隠している。

普通そうだろう。私にそれを強制しようとしていた点を、よくよく思い出してほしい。

寮のお風呂は共用。さすがの私でも、いまだに裸を見られるのは恥ずかしいのだ。

一方で、女性騎士達は堂々としていた。体を隠すことなく、こちらを監視している。

その自信も羨ましい。いや、仕事だからだろうけれど。お疲れさまです。

「先に髪と体を洗ってもいいですか？　ずっとお風呂に入っていなくて」

「……わかったわ」

粉石鹸を使い、頭をガシガシと洗った。ああ、気持ちがいい。すっきりする。ここは天国か。

髪の毛が生き返る。全身くまなく洗い、ぴかぴかになった。

最後に頭からザバーと湯を被り、振り向いてどうぞ調べてくださいと言う。

疲れていたので、もうどうにでもしてという気分だったのだ。

待つのに疲れたからか、顰め面で確認を始める局員の女性。

耳の裏から首筋、舌、股、足の裏など、全身くまなく探した。

見つからなくて、女性騎士にも探すよう命じたが、結果は同じ。

「もういいですか？　恥ずかしいですし、なんかもう、湯冷めしちゃっているんですけれど」

「待って、もう一度、へっくしゅ～ん！」

あ～あ。風邪を引いてしまったみたいで。騎士さん達も寒そうにしている。

女性は体を冷やしてはいけないのに。

最後はみんなで浴槽に浸かる。体の芯から温まって浴室を出た。

新しい着替えも用意してもらって、ホクホクだ。

そしてなんと、騎士隊より果物牛乳の差し入れが。長い時間お風呂にいたので、水分補給をするようにとのこと。すっきり甘い、果物風味の牛乳を一気飲みする。

たまらなくおいしかった。

湯あたりしたのか、若干ふらついてしまった。女性騎士が私の肩を支え、こっそりパンを手渡してくれる。

お腹は空いていたけれど、鷹獅子《グリフォン》のことを考えたら、食べることはできなかった。

＊

続いて連れて行かれたのは、会議室のような場所。そこには、第二部隊のみんながいた。

「わ――――」

喜んで駈け寄ろうとしたけれど、騎士隊の総隊長や幻獣保護局の局長もいた。

それから、鳥かごのような物に入った鷹獅子《グリフォン》も。

「鷹獅子《グリフォン》！」

『クエクエ～！』

私は周囲の状況を忘れ、駆け寄ってしまった。

「お腹が空いたでしょう？　水は飲みましたか？」

『クエ～～！』

何を言っているのかまったくわからない。けれど、思っていた以上に元気そうだった。

包帯などは取り外されている。どうやら、怪我は回復魔法で治してもらったようだ。

「ああ、よかったですね」

『クエ～』

傍に立っていた局員が果物を私に差し出してくる。

果物を受け取った瞬間、鷹獅子《グリフォン》の目はキラリと輝いた。爪で皮を剥こうとしたら苦戦した。隣からナイフが差し出される。顔を上げると、幻獣保護局の局長だった。

「……」

気分は複雑だ。こいつのせいで、とんでもない目に遭った。ナイフなんか借りたくない。

「早く食事を与えてやれ」

「はい」

意地を張っている場合ではなかった。鷹獅子《グリフォン》がお腹を空かせている。

お礼を言って受け取り、果物を剥く。鷹獅子《グリフォン》は嬉しそうに食べていた。

その後、水をたくさん飲み、こぶし大の果物を五つ食べた。これで満足したようだ。

「これで本当に、契約をしていないとはな」

ぽつりと、幻獣保護局の局長が呟く。どうやら契約はしていなかったと、認めてくれたらしい。

はてさて、これからどうなるのか。双方睨み合うように座り、話し合いが始まった。

「今回の件は、いろいろと情報の行き違いがあったようだ」

騎士隊の総隊長が、重々しい口調で話す。

まず幻獣を発見したら、幻獣保護局に報告がいく。けれど、今回は騎士隊にいってしまったのだ。

「人が幻獣に襲われ、死亡する事件が起きていることは知っているだろうか？」

幻獣保護局の局長が、苦虫を噛み潰したような顔で話し始める。

「幻獣と気付かれず、冒険者などから魔物のように討伐されることも珍しくはない」

魔物と違い、幻獣は数が少なく、そのほとんどが絶滅危惧種らしい。

幻獣保護局は種の保存を第一として、幻獣保護に努めてきた。

元々、局長が私財をなげうって設立した機関で、大きな実績がないことから、国からの予算はほとんどない。機関名に王宮と冠しているが現実はこうだと、局長は苦々しい表情で語る。

「ここ数日、幻獣が討伐されてしまうかもしれないと考えていたら、気が狂いそうだった」

　王女に危害を加えたことから、討伐も致し方なし、という命令が出ていたらしい。知らなかった。

　幻獣保護局は幻獣捕獲のあれこれを熟知し、戦闘訓練も積んでいる。今回騎士隊が幻獣のもとへ派遣されたと知り、気が気でなかったのだろう。

「まだ、多くの人々の幻獣への理解は浅い。魔物との違いを、わかっていないのだ」

　やっぱり、幻獣保護局の人達は、幻獣愛をこじらせた集団なんだなと思った。

「鷹獅子《グリフォン》を保護したあと冷静になってみれば、私は間違ったことをしたのではと、疑問が浮かんだ」

　幻獣が絡んだ事件なのに、幻獣保護局を頼らず、騎士隊を派遣した。国から存在をないがしろにされたのだ。いろいろ対応は間違っていたけれど、怒るのも仕方がないのかなと。

　ザラさんへの罵倒や、私へ言ったこと、打《ぶ》たれた件に関しては絶対に許せないけれど。

　幻獣保護局の局長は言った。乱闘騒ぎの原因を作ったのは自分だと。

「諸悪の根源は私にある。重い処罰はこちらが受けよう。だから、どうか彼らを情状酌量としてほしい」

　幻獣保護局の局長は深く深く、頭を下げた。

　反省するそぶりを見せたからといって、簡単に許せることではない。今度は騎士隊の総隊長のほうを見た。険しい表情を崩していない。

これから下される罰を思ったらキリッと胃が痛む。どうかお許しくださいと、祈りを捧げるほかなかった。

そして——騎士隊の総隊長より判断が下される。

「事情は理解できた。だが、騎士隊エノクとしては、暴力をふるってしまったことは無視できない」

ちらりとルードティンク隊長のほうを見た。

無表情で話を聞いている。怒っているようには見えなかった。

「幻獣保護局の処分は国に一任する。第二遠征部隊へは、私が処罰を決める」

どきんと、嫌な感じの鼓動がする。処罰と聞いて、血の気が引くような思いとなった。

ぱさりと、書類を捲《めく》る音がいやに大きく感じた。

額には汗が浮かび、緊張感で落ち着かない気分となる。

処罰の内容が読み上げられた。

「幻獣保護局と話し合った結果——メル・リスリスに鷹獅子《グリフォン》の世話役を命じることを決めた」

「え？」

幻獣保護局の局長の顔を見る。悔しそうな表情を浮かべていた。いやいや、そうじゃなくって。

局長が持って来た鳥かごに入っていた鷹獅子《グリフォン》を、手渡される。

「あ、ありがとうございます」

しっかりと毎日記録を取るように言われた。

「いまだ、私は信じられないでいる。契約なしに幻獣と心を通わすことなど、物語の世界の話だ」

驚きの事実である。しかし、なんで私が――その疑問を投げかけた。

「おそらく、身を挺《てい》して護《まも》ったことが、鷹獅子《グリフォン》の心に響いたのだろう」

なるほど。だからガルさんにも少しだけ気を許しているのか。

鳥かごから鷹獅子《グリフォン》を出す。抱き上げれば、頬ずりしてきた。

「良く、懐いているわ」

振り返ると、私の身体確認をした知的な幻獣保護局の女性がいた。気まずげな様子で話しかけて来る。

「その、さっきはごめんなさいね」

「まったくですよ」

おかげで、恥ずかしい思いをした。それは、彼女も一緒だろうけれど。

「この子、あなたのことを母親だと思っているみたい」

「やっぱり……そうなんですね」

愛《う》い奴めと、のどを指先でガシガシと撫でた。

「そういえば、鷹獅子《グリフォン》ってどのくらいの大きさになるのですか？」

「馬と同じくらいか、それ以上かしら？」

そんなに大きくなるなんて。お世話できるだろうか。心配になる。

「幻獣保護局が手を貸すわ。困ったことがあればなんでも言ってちょうだい」

「ありがとうございます」

最後に、幻獣保護局の局長から一言。

「このたび、気持ちが急《せ》いていて、港で第二遠征部隊の隊員らに不適切な発言をした。この場を借りて謝罪する。すまなかった」

局長はみんなに謝ってくれた。よかったとひと安心。鷹獅子《グリフォン》は戻ってきたし、最低最悪の獄中暮らしからも解放された。

これにてめでたしめでたしと思っていたけれど――総隊長よりオマケの処罰が言い渡される。

「第二遠征部隊の面々には、一週間の謹慎を命じる」

……ですよね。

こうして私達には、一週間の謹慎処分が言い渡されたのだった。

高級果物（※鷹獅子《グリフォン》用）

とりあえずこの場で解散して、夜、どこかのお店でお疲れ様会をしようという流れになった。

謹慎なのに、外出してもいいのかと質問をすると、今回は特別に王都から出なければ問題ないとのこと。なんてゆるふわな決まりなのだと、目を剥いてしまった。

「まあ、いい。詳しいことは夜に話そう」

みんなお風呂にも入っていなければ、着替えもしていないし、まともな食事も口にしていない状態らしい。お風呂に入って、着替えもして、果物牛乳とパンまでもらってきたとは、口が裂けても言えなかった。

「あ、でも、鷹獅子《グリフォン》を寮に置いていけないので、どうしましょう？」

「私が前に勤めていたお店だから、大丈夫だと思う」

なんでも個室があるらしい。ほとんど使うこともないので、空いているだろうと。

「一応、帰りに寄って予約をしておくから」

そんな感じで、話がまとまった。

「そうだ。ブランシュも迎えにいかなきゃ」

「明日にしておけよ。どうせ暇なんだから」

「一刻も早く会いたいの」

「そうかい。好きにしろよ」

貴族のお屋敷に預けているというザラさんの幻獣、山猫《ブランシュ》。白くて毛並みが良く、可愛らしい猫だ。ただし、大型の。

「そういえば、遠征に鷹獅子《グリフォン》を連れて行くことになるのでしょうか？」

「だろうな。大きくなれば、鷹獅子《グリフォン》に乗って行けるだろう」

「ええ〜、それは気の毒のような」

「鷹獅子《グリフォン》に並走されるお前の馬のほうが気の毒だろうが」

「た、確かに」

これから馬よりも大きくなるという鷹獅子《グリフォン》。食事の調達などは幻獣保護局がしてくれるらしいけれど、大丈夫なのかと不安にもなる。

『クエ？』

胸の中で私の顔を見上げる鷹獅子《グリフォン》を、ぎゅっと抱きしめた。

保護した時よりもずっしり重たくなっている。きっと、あっという間に大きくなっていくのだろう。

私達は二度と離れ離れにならない。そう考えたら、胸がじんわりと温かくなった。

「あの……ありがとうございました」

それぞれ立場があるのに、鷹獅子《グリフォン》と私を守ってくれた。

こんなに嬉しいことはないだろう。

ルードティンク隊長は何も言わずに私の頭をぐりぐりと雑に撫で、おでこを指先で弾いて踵を返す。ベルリー副隊長は私に「ルードティンク隊長がすまない」と謝って、あとを追っていた。

ガルさんは優しい瞳《め》で鷹獅子《グリフォン》を見下ろし去っていった。ウルガスは鷹獅子《グリフォン》の前で両手をわきわきとさせていたが、『クエ！』と威嚇するように鳴かれてがっくりと肩を落としていた。

ザラさんは笑顔で「またあとで」と言って、手を振る。

「さて、私達も帰りますか」

『クエクエ！』

こうして、数日ぶりに寮に帰れたのだ。

＊

帰ったらふかふかの布団でゆっくり就寝！　なんて考えていたけれど、鷹獅子《グリフォン》について寮長に報告しに行くのが先だった。

幻獣保護局より使者が来ており、寮長を挟んで話はトントン拍子に進んだ。

やって来たのは幻獣保護局の副局長。こちらが申し訳なく思うくらい、謝罪してくれた。きりがないので、幻獣飼育の話に戻るよう軌道修正した。

副局長より大切な物だと言われながら渡されたのは、幻獣飼育許可証。通常は試験に受かった者のみ持つことが許されているが、今回は特別に発行してくれたらしい。これをもっていれば、社交場へ出入りできる他、幻獣関係の買い物をした際に提示をすれば、請求は幻獣保護局にいくなど、さまざまな特典があるらしい。詳しくは書面を確認するように言われた。

「では、これからご説明させていただきます」

まず、寮では飼えないだろうと言われてしまう。馬と同じくらいに成長すると聞いていたので、頷くしかない。

夜泣きをするので部屋を移動することになった。前後左右に誰も入っていない部屋があるらしい。

次に、これからの生活について。

馬と同じ大きさまで育つのならば、寮での生活はできなくなる。鷹獅子《グリフォン》と一緒に暮らす家を借りなければならない。

「家賃については、幻獣保護局が全額負担いたします。希望があれば、物件をご紹介しますので」

「わかりました」

最後に書類の束を手渡される。それは、鷹獅子《グリフォン》についての資料だった。百枚くらいありそうなので、ゆっくり部屋で読むことにした。

「幻獣の食料である、果物もお持ちしました」

「それは助かります」

鷹獅子《グリフォン》の食料を買いにいかなきゃいけないと考えていたところだった。さすが幻獣愛をこじらせている集団である。いたれり尽くせりだ。

住宅については、しばらく猶予をくれるらしい。

「あと、幻獣の記録についてですが」

幻獣保護局に提出する鷹獅子《グリフォン》の記録について朗報が。何と、報酬が出るらしい。重要な情報であれば金貨一枚。そこそこな情報であれば銀貨一枚。どちらにも当てはまらない情報については、一律半銀貨一枚となっている。

これを上手く使ったら、妹の結婚資金なんてすぐに貯まるだろう。

それから、幻獣監督者特別手当もあるらしい。他に、危険補償なども。

騎士をしなくても、鷹獅子《グリフォン》を飼育するだけで暮らしていけそうだ。まあ、辞めないけれど。

話がまとまったので、副局長と別れ、寮長と共に引っ越しを行うことにした。

旅行鞄に荷物を詰め込む。鷹獅子《グリフォン》は不思議そうに覗き込んでいた。

寮長はてきぱきと、服を畳んでくれた。

大きな鞄一つと小さな鞄一つ、箱が一つ分に荷物は収まった。

手押し車を持って来てくれたので、それに荷物と鷹獅子《グリフォン》を乗せて新しい部屋へと移動した。

「寮長、ありがとうございました」

「いえ、できることがあれば、何でも言ってくださいね」

「はい。とても心強いです」

一礼をして、寮長と別れる。

部屋の前には、三箱分の大量の果物が届いていた。鷹獅子《グリフォン》を寝台の上に下ろし、一箱一箱運び入れる。部屋の中には甘酸っぱい果物の香りが広がった。

寝台に腰かけ、鷹獅子《グリフォン》の様子を確認する。よちよち歩きができるようになっていたのだ。成長の力って、本当にすごい。けれど――。

「うわっ、危なっ!!」

鷹獅子《グリフォン》は寝台から転げ落ちそうになった。慌てて抱き上げる。

動けるようになったからといって、喜べる部分ばかりではないようだ。

なんか、ゆりかご的な物が欲しい。鷹獅子《グリフォン》を膝の上に置き、資料を読み始める。

まず鷹獅子《グリフォン》は基本家族にべったりで、寂しがり屋とのこと。契約した場合、外飼いはしないほうがいいと書かれてある。

ということは、お貴族様方が住んでいそうな、広い部屋を借りなければならないのだろうか。まあ、家賃は幻獣保護局持ちなので、心配する点じゃないけれど。

しかし、大きくなったらお買い物には行けないだろう。この点に関しては地味に困る。

パラパラと読み進めていたが、鷹獅子《グリフォン》とはとんでもない生き物だということを、ひしひしと痛感した。そして最後にあった書類を見て、絶句する。

それは幻獣保護局の局長こと、マリウス・リヒテンベルガーとの養子縁組の届出用紙だったのだ。

あのおじさんが侯爵だということを、たった今知る。

侯爵家なんて、大貴族の中の大貴族ではないか。

そんなおじさんを、迷うことなく蹴りに行ったルードティンク隊長ってすごい。たぶん、リヒテンベルガー家の高貴なおじさんだと、知らなかったということはないだろう。

あらためて、ルードティンク隊長にありがとうと言いたい。

暴力は最低最悪の行為で、してはいけないことだとわかっている。それでも、嬉しかった。

そんなことよりも、養子縁組って……。よほど、幻獣を手元に置いておきたいのか。

あの神経質そうなおじさんが父だなんて絶対に嫌だ。お断りだ。

そう思う一方で、鷹獅子《グリフォン》と共に生きるにあたって、誰かの庇護下にあるほうが安全なのではとも思ったりする。

きっとこの先、さまざまな問題に直面するだろう。専門家であり、社会的に高い地位にいる局長がいれば、ささっと解決してくれそうな気もするのだ。

けれど、死ぬほど気が合わないような予感がひしひしと。

なんとも悩ましい問題だった。

うんうん唸《うな》りながら資料を読んでいると、夕方を知らせる鐘が鳴った。

陽は傾き、部屋の中もずいぶんと暗くなっている。

暖炉に薪を焼《く》べ、部屋の灯りを点けた。

お茶でも淹れようかと考えているところで、はたと気付く。そろそろ食事会の準備をしなくては。

　この前ザラさんと一緒に選んだ紺色のワンピースを鞄の中から取り出した。スカートの裾はレースで縁取りしてある、可愛い意匠《デザイン》なのだ。

　時計を見れば、集合時間が迫っていた。慌てて髪をまとめる。時間がないので、ザラさんみたいに頭の高い位置で一つ結びにした。

『クエクエ』

「あ、はい！」

　そして、鷹獅子《グリフォン》の食べ物である果物を肩かけ鞄の中に詰め込む。

　準備していると、なんだか食べたそうにしていたので、皮を剥いてやった。だが、半分しか食べない。

「もったいないですね」

　このまま処分するのもどうかと思い、いただくことにした。

　皮は真っ赤だけれど、剥いたら半透明の不思議な果物。

　シャリシャリとした食感で、驚くほど甘い。これはかなり高級な果物に違いない。なんて贅沢な。

　これもきっと、幻獣保護局の愛なのだろう。

＊

鷹獅子《グリフォン》を抱え、店まで急ぐ。街中を歩いていたら、チラチラと視線を感じた。きっと、幻獣が珍しいのだろう。なんか、目立たないよう頭巾的な帽子が必要だなと思う。

時間ぴったりに店に到着。

「メルちゃん」

ドアを開けようとすると、声をかけられる。振り返れば——あら？

「こんばんは」

「あ、どうも」

男前が佇んでいるではありませんか。袖口や襟元は銀糸で縁取られている上品な衣装に、前髪は後ろに撫で上げ、長い金髪は一本の三つ編みに纏めていた。

誰かと思いきや、貴公子的な恰好をしたザラさんだったのだ。

「って、どうしたんですか？」

「ちょっと気分転換に……変？」

「いえ、とても素敵ですよ」

「よかった」

ザラさんはにっこりと微笑む。

男装姿だったので、別人のように見えた。髪型が違うからだろうか。騎士隊の制服を着ている時よりも、男らしく見える。

一見して、獄中生活での疲れはないようでホッとした。

「裏口から入りましょう。今の時間は客が多いから」

「助かります」

鷹獅子《グリフォン》は王都の人の多さに若干ビクビクしているようだった。混雑した店内に驚いて、何をするかわからない。ザラさんの申し出はありがたかった。

飲食店が並ぶ通りの路地裏は、人が食材を運んだり、お酒の樽を通したりと忙しない。箱を三段積み上げて運んでいる若者は、きちんと前を見て進んでいないようだった。

避けようとしたら、ザラさんがさっと私の体を引き寄せてくれた。

「あ、ありがとうございます」

「いえ。平気？」

「はい、大丈夫です」

路地裏を通り抜け、店の裏口から入る。個室への廊下を、勝手知ったる元従業員のザラさんは、サクサクと進んでいた。

やっとのことで個室に到着。すでに全員集まっていた。

来て早々、ルードティンク隊長は卓子の上にあった酒を開封し、ドボドボと木製カップに注いでいた。料理は注文してくれていたようで、あとは運ばれてくるのを待つばかり。

「リスリス衛生兵も、好きな料理を頼むといい」

ベルリー副隊長がメニュー表を渡してくれる。このお店はお肉系が充実していて、海鮮系はない。

森林蟹《フォレ・ガヴリ》に尾長海老《アスタコス》……。南国の島で食べた物を思い出し、生唾を呑み込む。

だが、すぐに今日はお肉の日だと、頭の中を切り替えた。

一頁目は日替わりメニューとなっている。

◇本日のオススメ◇
・厚切り三角牛《カローヴァ》の炙り焼き
・やわらか三角牛《カローヴァ》の赤葡萄酒煮込み
・肉汁溢《あふ》れる三角牛《カローヴァ》の香草串焼き

一番上に書かれてあった料理を人数分頼んでいるらしい。

私は森茸のチーズスープと、野菜の酢漬けを追加注文した。

最初に頼んでいた料理はすぐに運ばれて来た。

分厚く切られた三角牛《カローヴァ》のお肉！

膝に乗せている鷹獅子《グリフォン》は匂いとか大丈夫かなと思ったけれど、ここ数日眠れていなかったからか、体を丸めて眠っていた。

これから日々、すくすくと成長するだろうから、今が膝に乗るギリギリの大きさだろう。

「リスリス衛生兵、鷹獅子《グリフォン》乗せたままで、重たくないんですか？」

「重たいですが、傷が治って歩き回れるようになったので」

「なるほど」

ウルガスは鷹獅子《グリフォン》を見ながら、「いいなあ」と呟く。

「ウルガス、その言い方だと、リスリスに膝枕して欲しいように聞こえる」

「ち、違いますよ、何言っているんですか！」

若者をからかうとは。ルードティンク隊長も人が悪い。

よくよく見てみると、足元に空の瓶が転がっている。どうやらすでに酔っ払っているみたいだ。

食前の祈りをして、久々のお肉にありつく。

「なんか、久々すぎて胃がもたれそう」

ザラさんは分厚い肉を前に、目を細めながら言っていた。

気持ちはわからなくもない。ここ二日ほど、薄いスープと石のようなパンを食べていたのだ。貧しい食生活を続けていたので、胃もたれしないか心配である。

「アートさん、繊細なんですね」

ウルガスは肉を切り分けながらしみじみ呟く。

「ジュンも、そのうち胃もたれの苦しさがわかるようになるわ」

「そんなもんなんですかねえ。そもそも、なんで胃もたれが起きるのか」

胃もたれとは胃の機能が低下して消化が通常通りに行われず、食べた物が胃の中に留まって起きる症状を指す。

「あ、そうだ。ザラさん、胃もたれに良い食材があるんですよ」

「そうなの？」

「はい！」

メニューにないか探してみる。できれば生のまま、加熱していないのがあればいいけれど。

「ありました！」

森林檎《メーラ》の生果実汁《ジュース》！

「それが、胃もたれに効くの？」

「はい。森林檎《メーラ》には消化を助ける働きがあるのです」

森林檎《メーラ》は消化機能を高め、整腸作用もある。

「へえ、そうなの。さすがメルちゃん」

回復魔法が使えない代わりに、意地になって医術師の先生に健康に良いことを習いに行った成果だ。微妙な雰囲気になるので言えないけれど。

店員を呼び、森林檎《メーラ》の生果実汁を五つ注文した。ルードティンク隊長は胃もたれしたことがないので、頼まなかった。見た目だけでなく、胃も強靭らしい。

森林檎《メーラ》の生果実汁はすぐに運ばれて来た。

すりおろした森林檎《メーラ》に蜂蜜《ミエレ》を垂らした物で、飲むというより匙で掬って食べる感じ。甘酸っぱくておいしい。蜂蜜《ミエレ》が入っているので、優しい味わいだ。

「じゃあ、いただきましょうか」

「そうですね」

問題が解決しそうなので、お肉を戴く。

鉄板が組み込まれたお皿の上で、分厚い肉がじゅうじゅうと音を立てていた。

私はよく焼けたお肉が好きなので、切り分けて鉄板に赤身を押し付ける。

ルードティンク隊長は「それ焼けてないいんじゃないですか？」と指摘《つっこみ》たいほど赤い汁が滴るお肉を、豪快に食べていた。

すごく……山賊っぽいです。本当に貴族のご子息なのか。正直に言えば疑っている。

私はしっかり焼き目の付いたお肉を頬張った。

焦げ目が香ばしく、噛めば肉汁が口の中に広がる。ソースは柑橘系なのであっさり。肉の旨みを引き立ててくれる。とてもおいしいお肉だった。

ここで、鷹獅子《グリフォン》に優しい視線を向けていたベルリー副隊長が、話しかけてくる。

「リスリス衛生兵、そういえば、鷹獅子《グリフォン》の名前は付けたのか？」

「いえ、まだなんです」

ご親切にも、幻獣保護局の書類には名前の候補一覧表が入っていた。どれも覚えにくい長い名前だったので、その場で却下していたのだ。

「なんか、短くて可愛い名前にしたいなと」

ちなみに、鷹獅子《グリフォン》は女の子だった。将来、保護区の雄鷹獅子《グリフォン》とペアにすることを考えていると書類にあったけれど、それは鷹獅子《ほんにん》の気持ち次第だろう。

「何か、良い名前候補はありますか？」

さっそく、ルードティンク隊長が閃《ひらめ》いたようである。

「ガブガブ噛みつこうとするから、ガブはどうだ」

「可愛くないです」

ルードティンク隊長は期待通り、まったく可愛くない名前を提案してくれる。

「リスリス衛生兵、ルルちゃんとか、可愛くないですか？」

ウルガスのご提案。確かに可愛いけれど、一つ問題があった。

「それ、実家の母の名前なんです」

「お、お母様の……すみません」

「いえ」

ベルリー副隊長は全力で考えてくれているようだが、眉間に皺を寄せた表情のまま、動かなくなってしまった。

斜め前にいたガルさんが、紙に書いた名前候補を手渡してくれる。

「アメリア、ですか。なんか、いいですね」

とても愛らしい響きの名前だ。古い言葉で『愛される者』という意味らしい。

「えっと、これを、鷹獅子《グリフォン》の名前にいただいてもいいのですか？」

ガルさんはコクリと頷いてくれた。

「ありがとうございます。では、さっそく」

ちょうど、鷹獅子《グリフォン》がぱちりと目を覚ます。私は体を持ち上げ、言った。

「あなたの名前はアメリアです」

『クエ～～！』

応えるように鳴いたあと、パチンと何かが弾けた音が鳴る。

「あれ、リスリス衛生兵、手の甲！」

「はい？」

ウルガスが指摘してくる。右手の甲に、突然紋章のような形が浮かんだと。

確認すると、花が咲いているみたいな紋章だった。

「あれ、これって――」

「契約刻印？」

ザラさんがぽつりと呟く。

そういえば、名付けと共に幻獣が認めれば、契約が完了する的な話が書いてあった。

「そんな簡単なことで契約できるんだな」

「みたいですね」

しかし驚いた。こんなに契約が簡単だなんて。

「メルちゃん、違うのよ。その契約例はほとんどないと思うわ」

「え⁉」

ザラさんが教えてくれた。

多くの場合、契約は契約主の血を呑ませ、幻獣側の意思はほとんど酌《く》まれずに行われているものであると。

「血の契約は、強制力があるの。でも、鷹獅子《グリフォン》みたいな高位幻獣には効かないけれど」

「なるほど」

ザラさんの家の山猫《イルベス》は、拾った時に血の契約をしたらしい。

「ちなみに、多くの場合、契約刻印は手の甲に顕《あらわ》れるみたい」

ちらりと、ザラさんの手の甲を見る。

「あれ、ザラさんの契約刻印は？」

「胸元にあるの」

「へぇ〜」

どんな契約刻印なのか。幻獣の個体によって違うらしい。

「綺麗なんですよね〜、アートさんの契約刻印」

こくこくと頷きながら同意するガルさん。

どうやら、お風呂などで見たことがあるようだ。

綺麗と聞いて気になるけれど、見せてくださいと言える部位ではない。

諦めることにした。

食後の甘味は森林檎《メーラ》のパイ。どうやら、旬の果物のようで、森林檎《メーラ》フェアみたいな、特別な催しを行っているようだ。メニュー表にはたくさんの森林檎《メーラ》料理が書かれている。

話し合って、パイに決めた。焼き上がるのを待つ間、獄中生活について語り合う。

「俺、斜め前がおばちゃんで、すごいぐいぐい話しかけられて、最終的に運命感じたとか言われて」

ウルガス、そんな切ないことが。優しい青年なので、きっと話を根気強く聞いたりしていたんだろうなと。

一方で、ガルさんは迷い犬を収容する独房に連れて行かれたとか。

「うわあ、ガルさん、大変だったんですね」

そこそこ酷い目に遭ったウルガスですら同情している。

犬の鳴き声を聞きながら、一人でいじけていたとか。一番衝撃的なことは、犬のほうが良い物を食べていたという点だったらしい。

肉を噛み千切っている様子を見るのが、切なかったと。

ベルリー副隊長は、女性軽犯罪者の独房に連れて行かれたらしい。

大変賑やかだったけれど、自分のペースを崩さずに過ごしていたとか。

「今回のことは戒めだと思い、三食しっかり食べ、就寝し、空いた時間は瞑想していた」

なるほど。やっぱりベルリー副隊長は強い。尊敬してしまう。

ザラさんは薬の密売をしていた酒場のママ（※男性）と、ずっと口論していたらしい。

「だって、男紹介してくれって言われたからクロウ……、ルードティンク隊長を紹介しようとしたら、脳筋は嫌だって言うんだもの」

着痩せする、ほどよい筋肉の美男子をご所望だったらしい。酒場のママも姿が見えないザラさんが、ご希望の美男子とは思わなかったのだろう。

「何勝手に俺を紹介しているんだよ！」

「だって、ジュンやガルさんは可哀想でしょう？　ルードティンク隊長なら多少は大丈夫かと思って」

「お前は、本当に酷い奴だな」

「彼女、終身刑だからいいでしょう」

「そういう問題じゃねえ！」

話を聞きながら、いろんな人がいたんだなと思う。私の周囲は誰もいなくてよかったとも。

「ルードティンク隊長はどうだったんですか？」

「両手足を拘束され、殺人をした犯罪者の集団牢に入っていた」

ぶはっと、ウルガスが噴き出す。

なんでも、担当騎士がルードティンク隊長の顔を見て、凶悪な犯罪者に違いないと判断し、話も聞かずに連行されたとか。いくら山賊顔だからって、酷いと思う。

ルードティンク隊長は顔を顰めながら、獄中生活を語りだす。

「まず、囚人との優位性《マウンティング》を示し合う睨み合いから始まった――」

なんか、ルードティンク隊長だけ厳しさが違う……。

荒くれ者達の集団牢で、さまざまな試練を乗り越えていたらしい。

「――結果、俺は第三十二代目の牢名主《ろうなぬし》になった」

どうしてそうなった！

死刑囚の牢名主にまで成り上がる（？）ルードティンク隊長っていったい……。

そんな話で盛り上がっていると、森林檎《メーラ》のパイが運ばれてくる。表面に卵黄が塗られて、つやつやに輝いている生地が眩しい。店員さんがナイフで分けてくれる。

ザクッと、生地の切れるいい音がした。周囲にはふわりと甘い香りが漂う。

お皿に載せて配られると思いきや、まだ待つように言われた。

店員さんは手押し車の上にある、バケツのような鉄の入れ物の中から、匙で何かを掬い取っている。あれは、いったい？

ポンッと、お皿に添えられたのは乳白色の何か。

「こちらは氷菓《グラース》と言いまして、砂糖と卵などを混ぜた牛乳を凍らせて作った冷たいお菓子です」

まさかの氷菓《グラース》！

絵本の中でしか見たことがない、伝説のお菓子。冷たくて、舌の上でとろけると書かれてあった。実際はどうなのか。パイよりも、氷菓《グラース》のほうに食いついてしまった。

森林檎《メーラ》のパイ、氷菓《グラース》添え。さっそくいただくことにする。

何層にも重ねて作られたパイ生地はサックサク。バターの豊かな香りが鼻へ抜けた。

旬の森林檎《メーラ》は甘酸っぱくて言うことなし。意外とあっさりとしていた。実においしい。

次に、氷菓《グラース》を食べてみる。

「——うわ！」

まず、ひやりとした冷たさに驚く。

それから、濃厚な甘さが口の中に広がり、ふわりと溶けてなくなった。

これが氷菓《グラース》……！

こんなにおいしいのならば、おとぎ話に出てきてもおかしくないなと思った。

「ねえ、メルちゃん、パイと一緒に食べてみて？」

「え？」

一緒に食べる物なのか。意外に思いながら、フォークの上にパイと氷菓《グラース》を載せて一口。

「——⁉」

温かいパイと、冷たい氷菓《グラース》。一緒に食べると、悶《もだ》えるほどのおいしさだった。

なんだこれは。

氷菓《グラース》と一緒に食べることによって、パイ生地のバターの風味が際立つ。味わいもより濃厚になるのだ。これを考えた人は、大天才だと思う。

こうして、おいしくも楽しい時間はあっという間に過ぎて行った。

寮まではザラさんが送ってくれた。このあと、ブランシュを貴族様の家に迎えに行くらしい。

「そういえば」

「どうかしました？」

「ブランシュを預けている家、幻獣保護局の局長の奥さんのご実家だったなって」

「うわあ、それはそれは」

拘束されたあの日に言われたことは、すべて水に流したというザラさん。

けれど、向こうはどうだったのかと。

「まあ、直接影響はないと思うけれど」

「だといいですね」

寮の門のところまできて、お別れとなる。

「ありがとうございました」

「いえいえ。部屋に戻るまで、気を抜かないでね」

「はい」

重たい鷹獅子《グリフォン》――アメリアをしっかり抱きつつ、頭を下げる。

「では、また一週間後に」

「ええ」

ザラさんと別れ、私は寮に戻った。

高級貝のスープ麺

謹慎期間中、ほとんどアメリアの育児と記録書きで忙しかった。

すっかり元気になったアメリアは自由に歩き回り、落ち着きがない。

けれど、幻獣保護局よりもらった資料によれば幼少期はこんな感じだと。

根気強い付き合いをしなければならない。

一週間という謹慎期間はあっという間に過ぎていった。

成果と言えば、アメリアの頭巾に枕などを作れたくらいか。実家から持って来ていた布の端切れがあったので、それで作ったのだ。

『クエクエ～』

女子だからか、端切れで作ったフリルに縁取られた頭巾を被り、嬉しそうに跳ねている。

何度も鏡の前にいって、姿を確認していた。

しかし頭巾を被っても、鷹獅子《グリフォン》は鷹獅子《グリフォン》だなと思う。あまり変装的な意味はない。可愛いからいいか。

たった一週間だったけれど、アメリアは随分と成長した。

見た目ではあまりわからないけれど、体重が増えて持ち上げることができなくなったのだ。

相変わらず私にすり寄り、抱き上げるように悲しげな声で鳴いていたが、難しいという説明を懇々《こんこん》と行った。結果、わかってくれたようで、抱っこをせがんでくることもなくなった。

果物も自分で剥けるようになった。これは習得までに五日もかかったのだ。

汗と涙、努力の成果だろう。

夜泣きもなくなった。一度眠ったら、朝までぐっすりだ。これは契約を交わしたことも大きいのかなと思っている。睡眠不足の心配はしなくてよくなったので、ひとまずホッ。

甘えん坊なのは相変わらず。常に私にべったりだ。こんな状態で、仕事になるのかと不安になる。

それと、空を飛べるようになれるのかも、疑問に思っていた。

ぴくぴくと動かすことはあるけれど、飛び立つようにはためかせる様子はない。

ううむ。どうしたものか。まあ、空を飛べたら飛べたで別の問題が発生しそうだけれど。

謹慎明け。ザラさんと共に出勤する。

「やだ、アメリア、その頭巾可愛い！　もしかして、メルちゃんが作ったの？」

「はい、頑張りました」

褒められたのがわかったのか、アメリアは自慢げに『クエ！』と短く鳴いていた。

「背中を覆うマントも作りたいのですが、翼があるので、ちょっと難しいなあと」

「そうねえ――」

ザラさんも一緒に考えてくれるらしい。心強いと思った。

騎士隊の様子は相変わらず――とも言えないかもしれない。

問題行動を起こした私達は時の人なのだろう。ちらちらと、不躾《ぶしつけ》な視線を浴びる。

すべては鷹獅子《アメリア》と名誉のため。恥じることは何もないと思っている。

久々の朝礼となった。

開口一番、ルードティンク隊長はうんざりした様子で言った。

「喜べ、今から楽しい遠征任務だ」

今回の任務はカルクク湿原というところに行き、人食い蜥蜴《とかげ》を退治してくるようにとのこと。

現場へは馬車で行く。濃い霧が立ち込める湿原で沼地になっているところもあり、最後は歩くことになるらしい。

さっそく準備に取りかかる。

今回、新作の野菜の酢漬けに、乾燥麺、炒った木の実や野菜の種、塩漬け猪豚肉などを鞄に詰め込む。先に準備を終えたウルガスが手伝ってくれた。

「ウルガス、遠征先で温かくておいしい物を食べましょう」

「はい、楽しみにしています」

今回は野営用の天幕を持っていくとか。夜はベルリー副隊長にくっついて寝ようと思う。

「そういえば、リスリス衛生兵。本当にアメリアさんを連れていくのですか？」

「はい。残念ながら、私が傍にいないと寂しがるので」

ザラさんの山猫《イルベス》みたいに、どこかで大人しくお留守番をしてくれたらいいんだけど。

鷹獅子《グリフォン》の性質上、難しいのはわかっていた。

「大変ですね」

「まあ、成獣になったら少しはマシになるらしいので」

しかし、謹慎明け一日目から遠征任務だなんて。きっと、遠征部隊に泥を塗ったと上層部はお怒りなのだろう。仕方のない話であるが。

幸い、鷹獅子《グリフォン》用の保存食も保管庫に入れておこうと持って来ていたのだ。

「へえ、鷹獅子《グリフォン》の保存食は、干し果物なんですね」

「ええ。これ、商店の奥に並んでいる、高級品ですよ」

「ひえええ、俺、食べたりしたら唇腫れそう」

「ですよね」

生の果物も、休憩室に置いておこうと思い、一箱持って来ていたのだ。しっかりと、鞄に詰める。

果物の香りがしたからか、アメリアが近付いてきて、鞄の中を覗き込んだ。

『クエ？』

「お出かけの準備ですよ」

果たして、馬車で大人しくしているのか。現地でも。心配だ。

一応、アメリアの翼や背などに鼻を近づけ、すんすんと嗅いでみる。毎日体は拭いてあげているけれど、念のため。

不思議なことに、まったく獣臭くない。果物しか食べていないので、甘い匂いがする。

「しかし、アメリアの荷物だけで大変な量になりました」

「持つの手伝いますよ」

「ありがとうございます」

ウルガス、良い奴。

荷造りが終われば、外に向かう。トコトコと私のあとをついて来るアメリアを振り返りつつ進んでいたら、執務室から何やら騒がしい声が。

「いきなり来ても困るんだよ！」

「わたくしは許可を得て、ここにいるの！」

なんだか、聞き覚えのある声がする。

私とウルガスは顔を見合わせ、そのまま通過しようとしたが、扉が内側より勢いよく開いた。

「止めても無駄だから！　……あら、あなた」

「ど、どうも」

執務室でルードティンク隊長と言い合いをしていたのは、幻獣保護局の女性。私の裸を確認しにきた、知的美人のお姉さんだ。

今日は白衣ではなく、騎士隊の制服に身を包み――って、なぜ？

「あ、あの、何かご用で？」

嫌な予感しかしないけれど、一応聞いてみる。

「わたくし、鷹獅子《グリフォン》の護衛をするために、騎士団に入ったの」

「ええ～～!?」

なんてこった！

まさか、ここまで愛が突き抜けているとは。幻獣保護局の恐ろしさを知る。

女性は手に杖を持っていた。もしかしなくても、魔法使いだろう。

「も、もしや、回復術師ですか？」

「なぜ、そう思うの？」

「うっ、それは――」

回復魔法に対して劣等感を抱いていることなど、恥ずかしくて言えるわけがない。

「回復術師じゃないわ。言ったでしょう。護衛をしにきたと」

ということは、攻撃魔法の使い手ということなのか。

びっくりした。けれどよくよく考えてみたら、今までみたいに遠征先で一人取り残された場合、魔物が近寄って来たらアメリアと一緒に逃げなければならない。

私に戦う術はなく、もしも逃げ切れなくて襲われた場合守れる手段など何もないのだ。

だから、護衛がいれば心強いかもしれない。

「おい！」

ルードティンク隊長が執務室からぬっと顔を出す。こちらに来いと、手招きされた。

部屋にはベルリー副隊長、ガルさん、ザラさんがいた。

「……新しい、仲間だ」

ルードティンク隊長は不愉快極まりないといった表情で紹介する。

「わたくしは魔法兵のリーゼロッテ・リヒテンベルガー。得意な魔法は炎系。鷹獅子《グリフォン》を守るため、騎士隊に来たの」

眼鏡のツルをぴしっと正しながら、自己紹介をしてくれた。

それにしてもリヒテンベルガーって、どこかで聞いたことがあるような。

首を傾げる私を、リーゼロッテさんは目を細めて眺めている。

あの、神経質そうな眼差しも、覚えがあるような……。

「――あ‼」

思い出した。リヒテンベルガーは侯爵家！

侯爵と言えば、幻獣保護局の局長。

リーゼロッテ・リヒテンベルガーって、局長の娘さんなのか。念のため、質問してみる。

「ええ、そうよ。幻獣保護局の局長はわたくしのお父様」

思わず「この、似た者親子が！」と叫びそうになった。ぐっと我慢したけれど。

もしも、リヒテンベルガー家に養子に行ったら、リーゼロッテさんがお姉様になるというのか。そして、局長がお父様。

いやいや、ありえない。家の中が息苦しくて、たまらないだろう。

しかしながら、このお嬢様然とした女性は遠征について来ることができるのか。

「あの、遠征って、お風呂何日も入れないですし、厠なんてないですし、食事も良い物は食べられないですよ。野営だって、虫に刺されたり、夜の見張り番があったりで大変ですし」

「わかっているわ。すべては鷹獅子《グリフォン》のため。覚悟の上だから」

ふうむ。なるほど。耐えて見せると。

ルードティンク隊長は弱音を吐いた場合その場で除隊してもらうと、厳しいことを言っていた。

「意地でもついて行ってみせるわ」

ちなみに、遠征任務が入っていると知っていたらしく、保存食など持参してきたらしい。なかなか抜け目がない。

「目的はなんだ？」

ルードティンク隊長が呆れたように、リーゼロッテさんに問いかける。

「幻獣の周知徹底と、人との共存が可能であることの証明」

「それは、お前達の都合が良いように、幻獣を利用したいということか？」

「違うわ。幻獣が優しい生き物で、人と幻獣がわかり合えるということを、わたくしは示したいの」

局長は頭が固く、保護第一にしか考えていないらしい。

保護区に閉じ込めるだけではなく、幻獣と生きる道があるのならばそれを模索したいとリーゼロッテさんは主張しているのだ。

この件について、局長がどう思っているのかとルードティンク隊長が聞けば、知らないと答える。

どうやら言い合いをした結果、幻獣保護局を飛び出し、騎士隊へ入隊したようだ。困ったお嬢さんである。

「盛大な親子喧嘩に、第二遠征部隊を巻き込んだというわけね」

「なんですって⁉」

ザラさんに詰め寄るリーゼロッテさん。美人同士のにらみ合いはなかなか迫力がある。

「音をあげるのが楽しみ」

「そんなこと、するわけないじゃない！」

「どうかしら？」

「見ていなさい」

ベルリー副隊長が立ち上がり、ザラさんとリーゼロッテさんの間に入って仲裁する。

ルードティンク隊長はすさまじく顔を顰め、山賊顔が極立っていた。

ガルさんは切ない表情で、明後日の方向を見ている。

ウルガスと私はどうしてこうなったのだと、頭を抱えるばかり。

これからいったいどうなるのか。

けれど、戦力的には魔法の存在は非常に助かるだろう。

魔法使いは世界的に数が少なく、多くの術師は研究職を希望するのだ。

ほんの一握りの騎士隊に入隊する魔法使いは、自分で配属先を選べる。多くの場合、手取りが多い近衛部隊に行ってしまうのだ。

遠征部隊では回復魔法を多少使える衛生兵の術師はいるみたいだけれど、攻撃魔法の使い手はいなかったような。新しい仲間が増えたことは、喜ぶべきことだろう。

私は改めて、リーゼロッテさんに挨拶をした。

「あの、メル・リスリスです。衛生兵です。どうぞ、これからよろしくお願いします」

「え、ええ」

「あと、この子はアメリアと名付けました」

一応、名付けの儀式をもって、契約を結んだことを報告する。手の甲の刻印も見せると、驚いた顔を見せていた。

「こ……」

「こ?」

リーゼロッテさんの顔を覗き込む。目が合うと、さっと逸らされた。

顔が真っ赤だった。

「あの、何か?」

「この前のこと、許していただけたかしら?」

「ああ――」

この前のこととは記憶に新しい、お風呂での契約刻印検査。全員裸になって、風邪を引くまで確認をして。今思い出せば、滑稽《こっけい》で笑ってしまう。

リーゼロッテさんは今一度、謝りたいと言った。

「本当に、ごめんなさい」

「いいですよ。あの件は水に流します」

私はリーゼロッテさんの謝罪を受け入れる。

幻獣を守る者同士、いがみあっている場合ではないのだ。

「一緒に鷹獅子《グリフォン》を守りましょう」

そう言って手を差し出したら、リーゼロッテさんは握り返してくれた。

＊

ガタゴトと馬車は進む。

外は晴天。遠征日和である。任務先は湿地帯で、霧雨か曇天らしいけれど。

席順は出入り口にルードティンク隊長、向かいにベルリー副隊長。私、足元に鷹獅子《グリフォン》のアメリア、目の前にリーゼロッテさん、お隣はザラさん、向かいにウルガスという並び。

ガルさんは馬車の手綱を握っている。

カルクク湿原までは馬車で一日半。まさかの移動時間の長さに、うんざりする。

車内はひたすら気まずかった。

原因は突然やって来たリーゼロッテさんにある。

ザラさんとは顔見知りらしい。そういえば、局長の奥さんの実家に山猫《イルベス》を預けていると言っていた。局長の娘であるリーゼロッテさんにとっては、母方の祖父母宅になる。

「あの子、酷くて。私の山猫《ブランシュ》を見るなり、譲ってくれって言ったの。契約しているから、無理なのに」

「そ、それは、三年も前の話でしょう⁉」

「あなた、その時いくつだったかしら？」

「十五……だけど」

まさかの事実が発覚する。すらりと背が高く、大人っぽくて眼鏡美人なリーゼロッテさんは私と同じ十八歳だった。

なんということだ。衝撃的過ぎる。私なんて、この前食堂のおばちゃんに、「十五歳くらいかと思っていたわ！」と言われたばかりだったのに。

しかし、ザラさんが珍しく敵意剥き出しなのでどうしたのかと思っていたけれど、理由があったようだ。

「何年も前の話をしつこいわね」

「当たり前よ。家族を物みたいに取引するように言われたら、誰だって嫌でしょう？」

ここで、どうどうと言いながらベルリー副隊長が二人を宥《なだ》める。

ちなみに、ルードティンク隊長はずっと怒りの形相でいる。怖いのでしっかり見ていないけれど、不機嫌な空気がビシバンと伝わって来るのだ。

幸いなことといえば、アメリアが馬車の中で大人しいことだろう。

いい子なので、途中休憩の時に果物をあげようと思う。

今回は今までの遠征任務の中で一番長い移動時間である。最寄りの村で昼食を取り、夜は宿屋に泊まる。果たして、幻獣の宿泊は可なのか。

駄目だった場合は馬車の中で眠るけれど。

「そういえば、鷹獅子《グリフォン》、大人しいのね」

「はい。とってもいい子なんですよ」

王女の侍女が書いた報告書には、「きわめて獰猛《どうもう》である」と書かれていたらしい。

きっと、扱い方を間違えたのだろう。

体を丸め、すうすうと寝息を立てるアメリアを、リーゼロッテさんは頬を紅く染めながら見下ろしている。小さな声で「可愛い」と言っていた。

「可愛くても、気を許しているのはリスリス衛生兵とガルさんだけなので、触ろうとか思わないほうがいいですよ」

アメリアに噛まれた経験のあるウルガスは、注意を呼びかけていた。

「そんなの、わかっているわ」

リーゼロッテさんは、幻獣の生態を熟知していると言う。ウルガスは「すみませんでしたね」と、あまり悪びれない感じで謝っていた。

お昼になったので、最寄りの村で食事をとることにした。

アメリアがいるので、食堂には行けない。突然の遠征だったので、お弁当の用意もできなかったのだ。

どうしようかと考えていると、ベルリー副隊長がある提案をしてくれる。

「私が何か、持ち帰り用の食べ物を買ってこよう」

「すみません、よろしくお願いします」

ベルリー副隊長が昼食を買いに行き、馬車で一緒に食べることになった。

ルードティンク隊長達は食堂で食べる。

馬車の中では、リーゼロッテさんと二人きりとなった。

今のうちに、アメリアに食事を与えておこうと思う。

「アメリア、食事の時間ですよ～」

声をかけると、パチッと目を覚ます。果物を差し出したら、前足でぐっと掴んだ。

果物の汁で馬車が汚れないように、布を広げておく。

「あら、自分で皮を剥けるようになったのね」

「はい、なんとか」

教えるまでが大変だった。習得までの日々を思い出し、目を細める。水を与え、外を軽く歩き回る。これで、しばらくは大丈夫だろう。

用事は済んだので、馬車に戻る。

シンとする車内。窓の外では、豊かな自然と丘のほうに風車が見える。のどかな村だと思った。

気まずく思ったのか、リーゼロッテさんが話しかけてくる。

「あの――」

「はい？」

「わたくし、やっぱり迷惑だったかしら？」

現状、隊の雰囲気が悪くなっている原因はリーゼロッテさんにある。正直に言えば、と答えた。

「まあ、これは衛生兵としての意見で、アメリアの契約者の立場で言えば、大変ありがたいものです。お恥ずかしい話ながら、私は戦闘能力が皆無でして」

遠征先で、リーゼロッテさんは心強い存在となるだろう。

魔法の使い手としての活躍を、期待している。

「これでも、空気は読めるつもりなの」

「素晴らしいことです」

「でも、口から出てくるのは、生意気な言葉ばかりで」

「それは良くないですね」

どうすれば隊に馴染めるのかと聞いてくる。リーゼロッテさんは本気で悩んでいるようだった。

「別に、難しいことではないですよ。馴染むことなんて、簡単です」

「そう、かしら？」

心配などいらないと、こっくりと頷いて見せる。

「で、具体的に何をすればいいの？」

「え～～っと？」

具体的に聞かれたら困ってしまう。

みんな優しかったから、気付いたら隊に馴染んでいたのだ。

「ルードティンク隊長はああ見えて優しいですし、ザラさんは親身になってくださって
――」

「優しいですって？　ルードティンク隊長や、山猫《イルベス》の飼い主が？」

「山猫《イルベス》の飼い主のお兄さんは、ザラ・アートさんですよ」

そんなことを話していると、コンコンと馬車の扉を叩く音が鳴った。

窓の外にいたのは、ベルリー副隊長だった。

「早かったですね」

「ああ。村の入り口付近に屋台街があったんだ」

「なるほど。お疲れ様です」

敬礼と共に出迎える。ベルリー副隊長より手渡された紙袋は、アツアツだった。

「それは挽肉餡の蒸し饅頭だ」

ここは温泉街らしく、蒸し料理が多かったらしい。

他に、蒸し卵、串刺し蒸し鶏、揚げ芋などなど。これぞ屋台料理の定番！　みたいな料理を買ってきてくれた。

ベルリー副隊長に蒸し鶏の串を手渡され、困惑の表情を浮かべるリーゼロッテさん。

「えっと、その、悪いけれど食器はないの？　お皿は？　フォークは？」

「ないな。手で掴んでくれ」

「……」

「ナイフならあるが？」

ベルリー副隊長は腰のベルトから、流れるような動作でナイフを抜き取る。リーゼロッテさんは強張った表情で、首を横に振っている。

どうやら、手掴みの食事に抵抗があるらしい。さすが、侯爵令嬢。

「リーゼロッテさん、隊の食事はこんなものですよ。野蛮で山賊です。遠征先では、机もなければ、皿もありません」

　皿は葉っぱを代用する場合が多いし、食事は膝に置く。

「野蛮で……山賊……ですって？」

　もっと良い言い方がないかと考えたけれど、該当する言葉が見つからなかった。ベルリー副隊長が話を続ける。

「もしも、食事などが難しいようであれば、ここで帰るといい。王都行きの馬車が出ている」

　これは、厳しい言葉ではなく、ベルリー副隊長の優しさだろう。もしも、遠征先で帰りたいと言っても、帰れないのだ。

　リーゼロッテさんはぶんぶんと首を横に振り、蒸し鶏の串を掴む。

　それは、手羽先を串に刺した物だった。

　じっと、リーゼロッテさんは手羽先を睨みつけている。

　私は先に蒸し鶏串を戴くことにした。

　一見して、蒸しただけに見えた。が、噛みつけば、そうでないことに気付く。果実酢と柑橘類、香辛料などでしっかりと下味が付いているのだ。

　甘酸っぱくてコクがあり、さっぱりあっさりしていて、お肉は驚くほど柔らかい。

「これ、おいしいですよ」

いまだ、手羽先を睨みつけているリーゼロッテさんに勧めてみる。

恐る恐る、といった感じで、手羽先に噛みついていた。

もぐもぐと食べ、はあと溜息。

「どうですか？」

「とっても野蛮で山賊な気分」

その感想を聞いて、ベルリー副隊長と二人で笑ってしまった。

＊

食後、第二部隊に馴染むにはどうすればいいのか、という質問をベルリー副隊長にしてみる。

「そんなの、難しいことでもなんでもない」

ベルリー副隊長は答えを知っているらしい。リーゼロッテさんは身を乗り出して、話を聞く。

「何もかも、自分一人でしようとせずに、相手に頼ることだ」

「それだけ、なの？」

「ああ。だが、これを意識して行うのは難しい」

人は決して万能ではない。ベルリー副隊長は語る。

「だからこそ、協力は必要だ。隊は全員で一つの個。意味がわかれば、溶け込むこともたやすいだろう」

要するに、意地を張らずに、みんなで頑張ろうという意味だろうか。解釈は人それぞれだと思われる。

「安心してほしい。隊員達は皆味方だ。怖い顔をしている者もいるが、総じて根は優しい。だが、現状として厳しい態度を取ることは、許して欲しいと思う。第二部隊は若輩者の集団で、突拍子もないできごとに対応できる器がないのだ」

ベルリー副隊長の話に、リーゼロッテさんは深く頷いていた。

迷いが浮かんでいた目に、決意が浮かんだように見えた。

それから、思いの丈を口にする。

「わかったわ。わたくしも、野蛮な山賊になれるように、頑張る……！」

――うん、頑張るの、そこじゃないよね？

先行きが不安になった。

他の隊員が食事から戻ってきたところで、移動再開。

今度はガルさんが御者台をおり、ルードティンク隊長が馬車の手綱を握るらしい。安全第一でお願いしたい。

「いや～、お食事時に女性陣がいないと華やかさがなくて……」

そんな感想をウルガスが漏らす。ザラさんがいたではないかと言えば、「アートさんの魂は漢なので」と、言っていた。なんのこっちゃ。

ルードティンク隊長がいないからか、リーゼロッテさんの緊張は多少解れたように見える。

『クエ～』

「はいはいっと」

アメリアが背中の翼をもぞもぞとさせる。どうやら、痒いようだ。

一緒に過ごすうちに、何を求めているかわかるようになっていた。

翼に手を伸ばし、掻いてあげる。

「ここですか～？」

『クエ～……』

違うようだ。別の場所をかしかし掻いてみる。

「それともここですか～？」

『クエッ』

惜しいと。すぐ近くに移動してみた。

『クエクエ!!』

どうやら当たったらしい。ガシガシと力強く掻いてあげれば、気持ちいいのか獅子の尻尾を揺らしていた。細長い尾が鞭のようにしなり、私の脛《すね》に当たる。地味に痛い。

掻いていた部位の羽が一枚、ぽろりと抜ける。白くて、綺麗な羽根だ。

幻獣保護局の資料にあったけれど、幼少期の鷹獅子《グリフォン》の羽は、結構な頻度で生え変わるらしい。

抜けた羽根は、先を削ってペンとかにして使っているけれど、かなり抜けるので、商売ができそうなほどに溜まっていた。これ以上持っていても仕方がない。

顔を上げるとリーゼロッテさんと目が合う。物欲しそうに、アメリアの羽根に視線を移していた。

「あの、よろしかったら羽根、いります？」

「へっ⁉」

「羽根ペン作ったりして使ってはいるのですが、家にいっぱいあるので」

カッと、頬を染めるリーゼロッテさん。貴重な物なのでもらえないと、首を横に振っているが、視線は羽根に釘づけだった。

なかなか受け取らないので、最後の手段に出た。

「いらないのならば、ウルガスに――」

「い、いただくわ！」

ウルガスに渡すと言えば、すぐに手を差し出してくる。

笑うのを堪《こら》えながら、アメリアの羽根を差し出した。

リーゼロッテさんは恍惚とした表情を浮かべ、手にした羽根をうっとりと眺めていた。

「ああ、なんて、美しいの……」

喜んでもらえて何よりだ。リーゼロッテさんは本当に、幻獣が好きなんだな。

微笑ましく見守っていたら、視線の端に涙目のウルガスが映った。

もしかしなくても、羽根をウルガスにあげる発言を本気に取っていたようだ。

「うわ、ウルガス、すみません。次、羽が抜けたらあげますので」

「いいんですよ……リスリス衛生兵……」

いや、ぜんぜん良くないだろう。涙目のウルガスを見ながら思う。

ここで、まさかの展開が起こる。

リーゼロッテさんが、ウルガスにアメリアの羽根を差し出していたのだ。

「――え？」

「わ、わたくしは、次の機会にいただくことにするわ」

「で、でも」

「いいの。わたくしのほうが、お、大人だから」

とか言いながら、リーゼロッテさんも涙目である。羽根を差し出す手が震えていた。無理しなくてもいいのに。

「いや、いいですよ。気持ちだけ受け取っておきます。ありがとうございました」

最終的に、ウルガスのほうが大人だったようだ。リーゼロッテさんはわかりやすい態度でホッとしていた。

そんなやりとりがあったおかげか、リーゼロッテさんは少しだけ打ち解けたように思われる。良かった、良かった。

夕方ごろに一晩過ごす街に到着した。

「うわあ、結構大きな街ですね」

ここは湖畔の街ハルバルト。湖の畔《ほとり》に沿うように街があるという、一風変わった場所なのだ。ここは岩塩の採掘地としても有名で、街は大変賑わっている。

「ここの日の出は世界一美しいと言われているの。湖面に太陽の光が反射して、幻想的な光景になるそうよ」

物知りなザラさんが教えてくれる。

「へえ、見てみたいですね」

「明日、見に行く？」

「はい！」

ウルガスも見るか誘ったけれど、一瞬行きたそうな顔をしたのに、「やっぱり朝が苦手だからいいです」とお断りされた。

ベルリー副隊長も「遠慮しておこう」というお返事が。

リーゼロッテさんはまったく興味がないらしい。気持ちがいいくらい、きっぱりとお断りされた。

ガルさんも朝が苦手だと。なるほど。

「みんな行かないんですね」

そんなことを呟くと、すぐ目の前を歩いていたルードティンク隊長が怖い顔で振り返る。

「おい。なぜ、俺だけ誘わない？」

「え、だって、興味なさそうな感じがしたので」

どうやら、誘ってほしかったらしい。

「では、ルードティンク隊長も行きますか？」

「ああ――」

お、行くのか？　と思ったけれど、急にザラさんのほうをみて、ぎょっとするルードティンク隊長。あんなに驚いた顔、見たことがない。

私もザラさんのほうを見る。

にっこりと、女神のような美しい微笑みを浮かべていた。ルードティンク隊長はこれを見て、美人過ぎると驚いたのか。今更な気がするけれど。

「で、ルードティンク隊長。どうするのですか？」

「いや、やっぱり俺も遠慮をしておこう」

「さようで」

やっぱり行かんのか～い。

思わせぶりなことを言っておきながら、最終的にお断りするルードティンク隊長の優柔不断さ。いったいいなんなんだ。まあ、別にいいけれど。

「ってことは、私とメルちゃん、アメリアの三人ね。楽しみだわ」

「そうですね。晴れたらいいんですけれど」

空は雲一つなく、澄み渡っている。きっと、明日は晴れに違いない。

ちなみに、アメリアは太陽よりも早起きなのだ。

この前、早朝に目が覚めたら、暗闇でアメリアの目が光っていて悲鳴を上げそうになったことがあった。私を起こさずに、健気に待っていたのである。

アメリアと言えば――宿問題は大丈夫なのか。できれば、今日くらい布団の上で眠りたいけれど。

その疑問には、幻獣保護局員であるリーゼロッテさんが応えてくれる。

「それは心配いらないわ。国内のほとんどの宿は、幻獣保護登録をしているのよ」

「なんですか、それ？」

「飼育許可証を示せば、宿泊できるの。幻獣と契約者の宿泊費は幻獣保護局負担で」

「なんと！」

幻獣保護局の地道な活動のおかげで、国内にあるほとんどの宿は、幻獣もお客様。宿泊可能らしい。良かった。心配は杞憂に終わった。

辿り着いた先は、五階建ての高級そうな宿。ルードティンク隊長、貴族感覚で宿を選んでいないか？

隊の予算的に心配になる。

「あの、ルードティンク隊長、大丈夫なんですか？」

「何がだ？」

「ここ、高そうで」

「案ずるな」

どういうことなのか。首を傾げていると、ベルリー副隊長がそっと教えてくれた。

「この街はルードティンク隊長の父君の領地なんだ。よって、融通が利くのだろう」

「あ、なるほど」

ずんずんと高級な宿屋へ押し入る山賊。ではなくて、ルードティンク伯爵家のご子息、クロウ様。

受付や広間では大変丁重な扱いを受けた。ルードティンク隊長は、経営者っぽい威厳のあるおじさんと話し込んでいる。

私達は窓際にある席に案内され、お茶とお菓子が振る舞われた。

お菓子が載った三段もあるお皿なんて初めて見た。一段目は一口大のサンドイッチ。二段目は焼き菓子。三段目は果物ケーキ。

これは下の段から攻略していくらしい。リーゼロッテさんが教えてくれた。

「甘い物を食べて、しょっぱい物が食べたくなったからと言って、一番下のサンドイッチに戻ってはいけないの」

「厳しい世界なんですね」

一段目のサンドイッチは、前に食べたことのある卵を使った甘酸っぱいソースに、薄く切った瓜の実が挟んであった。シャキシャキしていて、実においしい。

二段目の焼き菓子は、スコーンというお菓子だとリーゼロッテさんが教えてくれた。バタークリームと果物の砂糖煮《メルメラーダ》を塗って食べるらしい。

まず、何も付けないで一口。食感はモソモソ。紅茶と一緒に食べたら、まあ、おいしいかな？

そんな感想を言ったら、リーゼロッテさんにその食べ方は邪道だと指摘された。

最初に教えてもらった通り、バタークリームと果物の砂糖煮《メルメラーダ》を塗ってみた。

「うわっ、おいしい！」

「でしょう？」

「まったく別の食べものみたいですね」

　ずいぶんと濃厚なバタークリームだったけれど、果物の砂糖煮《メルメラーダ》の甘酸っぱさのおかげで、ほどよい味の均衡が保たれている。

　このお菓子はきっと、バタークリームと果物の砂糖煮《メルメラーダ》を塗る前提で計算して作られているのだろう。奥が深い。

　最後に、果物のケーキを食べる。生地はふんわりで、クリームの優しい甘さが実に良い。果物部分だけ、アメリアに分けてあげた。

　お茶を飲みつつ待機。しばらくするとルードティンク隊長が戻って来る。部屋の鍵を手渡された。

「女三人部屋だ」

『クエ！』

　女三人という言葉に、アメリアが文句を言うように鳴いた。

「なんだ？」

「女三人という言い方がお気に召さなかったようです」

「そうかい。あ～……、女性四名用の部屋だ」

『クエ～』

「許してもらえたか？」

「はい、大丈夫みたいです。ありがとうございます」

ルードティンク隊長はホッとした様子を見せている。まさか、鷹獅子《グリフォン》に怒られるとは思ってもいなかったのだろう。

こっそり笑ってしまったのは言うまでもない。

人生で初めての貴族御用達の宿屋。

水晶でできたシャンデリアに、猫足の可愛い机、花柄の美しい壁紙にふかふか布団の寝台。最高かよ、という感想を漏らす。

侯爵令嬢であるリーゼロッテさんは慣れたもので、客間係へお風呂に湯を張るようお願いをしていた。

アメリアは慣れない部屋をキョロキョロと見渡し、最終的に長椅子の上に跳び乗って落ち着いたよう。最近、跳躍力もぐっと上がっているのだ。

ベルリー副隊長は地図を広げて眺めていた。明日、馬車の御者を務めるらしい。

各々お風呂に入り、しばし談笑したあと、就寝する。

アメリアは私の隣にやって来て、丸くなっていた。

　これ、大きくなったら一緒に眠るのは無理だよなあと戦々恐々としている。

　一応、無理だと言えば聞いてくれるので、大丈夫だろうけれど。

「では、おやすみなさ――うわっ！」

　そろそろ寝ようと思っていたら、枕元に立ってこちらに羨望の眼差し（？）を向けるリーゼロッテさんの姿が。

「ど、どうしたんですか？」

「鷹獅子《グリフォン》との添い寝、ウラヤマシ」

「リーゼロッテさん？」

　リーゼロッテさんはここで我に返ったのか、二、三歩後退し、顔を真っ赤に染める。

　どうやら無意識の行動だった模様。

「な、なんでもないわ。おやすみなさい」

　……うん。我を忘れるほど幻獣が大好きなんだね。

　指摘はしないでおいた。


　翌日早朝。ザラさんと約束した日の出を見にいく。周囲は薄暗く、角灯《ランタン》を手に出かけた。

『クエ！』

　アメリアは朝から上機嫌。足取りも軽い。

「メルちゃん、寒くない？」

「平気です」

寒いだろうと思って、服を着込んできたのだ。

朝日が見える場所まで歩いていく。

坂道を登り、石の階段を上がって行くと、開けた場所に出る。観光客のために造った、高台らしい。寒いからだろうか。見に来ている人はいなかった。

薄暗い中、湖上の地平線を眺める。靄《もや》が広がっており、なんだか怪しい雰囲気だったけれど、強い風が吹いて、どこかへと流れて行った。とりあえずホッ。

そして、ついに太陽が顔を覗かせ、だんだんと周囲が明るくなった。

「――わっ！」

太陽の光が湖を美しく照らす。

湖と空が合わせ鏡のように橙色《だいだいいろ》に染まっていった。本当に綺麗だ。

『クエ～クエクエ！』

アメリアが鳴く。目がキラキラしていた。どうやら、幻獣も美しいものに感動するらしい。

興奮している様子を見て、ザラさんは笑っていた。

「すみません、なんか、賑やかで」

「いいえ。よかった。楽しそうで」

太陽が地平線から離れるまでじっと眺める。

幻想的で言葉では表現できないほど、綺麗な景色だった。

こうして、日の出を見届けた私達は宿に戻る。

朝早くて眠いけれど、来て良かったと思った。

＊

カルクク湿原への道のりを進んでいく。馬車の手綱を握るのは、ベルリー副隊長。

みんな、車内では仲良くな！　心の中で念じておく。もしも喧嘩が発生したら、仲裁する人がいないのだ。そうなった場合、私もウルガスみたいに「ご乱心だ～！」と叫ぶしかない。

ガタゴトと、馬車は街道を進む。シンとした車内。

……………まあ、気まずいよね。

ベルリー副隊長は第二遠征部隊の清涼剤だったのだ。

「あ、あの、ルードティンク隊長」

そんな状況の中で、リーゼロッテさんがルードティンク隊長に話しかける。勇気あるなあ。

無理しなくていいよと、はらはらしながら見守る。

「なんだ？」

言葉を返すルードティンク隊長の声は、刺々しいとしか言いようがない。

私はウルガスにこの場の雰囲気をどうにかしてほしいと、視線で助けを求めた。だが、ぶんぶんと首を横に振られてしまった。ガルさんは渋い顔で窓の外を眺めているし、ザラさんはやすりで爪を磨いている。

私ではベルリー副隊長のように、上手く間に割って入ることができないだろう。

よって、今は何もできないと。

微妙な雰囲気の中、リーゼロッテさんは話を続けている。

「突然やって来て、申し訳なかったと思って」

「今更遅いんだよ」

あ～～、言い方！　さり気なく舌打ちもしてた！　ガラ悪すぎ！

もっと遠回しな表現もあるだろうに。ルードティンク隊長の言葉は直球だ。

幸い、リーゼロッテさんは怯《ひる》んでいなかった。

「ごめんなさい。反省しているわ。わたくし、周囲が見えなくなる時があるの」

「騎士の仕事向いてないいな」

「ええ……けれど、幻獣を守りたい気持ちは――」

「騎士が守るのは国民だ。幻獣じゃない」

どれもきつい言葉だ。でも、間違いではない。

ルードティンク隊長とリーゼロッテさんはここで一回、きちんと向き合うべきだと感じた。

「でしたら、わたくしも戦うわ。国民のために」

「取って付けたような、うっすい決意だな。ちなみに、魔物との戦闘経験は？」

「ないけれど」

ルードティンク隊長は腕を組み、ふんと鼻を鳴らした。

リーゼロッテさんは頬を真っ赤に染めて、悔しそうな顔をしている。

きっと、今までの彼女だったら文句を言っていただろう。けれど、ぐっと我慢をしていた。

どうしようかと思っていたら、まさかの助け船が。

「ルードティンク隊長、お試し期間を作ったら？」

ザラさんだ。今回の遠征に付いて来られたら認めてあげたらどうかと、提案してくれる。

「今回は湿地帯で湿気とか泥とかあって酷い環境だし、貴族のお嬢様が耐えきれる場所ではないと思うの」

もしも音をあげなかったら、大したものだと言う。

「まあ、そうだな。もしも口先だけじゃないのならば、認めてやる」

最高に怖い顔をしながら話すルードティンク隊長からの挑戦と受け取ったからか、リーゼロッテさんは決意を口にするように言葉を返した。

「……わかったわ。絶対に、音なんかあげないんだから」

リーゼロッテさんは涙目になっていた。ここまで追い詰めなくても、と気の毒になった。でも、生半可な気持ちで騎士隊に身を置けば大変なことになる。みんな、命を懸けて戦っているのだ。たぶん、ルードティンク隊長の言っていることは、厳しいだけの言葉ではないのだろう。

貴族女性の在り方を知っているからこそ、あんなことを言ったんだと思う。

それから、一言も会話がないままカルクク湿原に到着した。

非常に気まずいの一言だった。


しとしとと、霧雨が降っていた。

想定していたほど寒くないけれど、ジメジメしていてなかなかの居心地の悪さだ。

目の前には広大な草原が広がっている。湿原の中でもここは泥炭地《でいたんち》に分類される場所らしい。泥炭地とは植物が不完全に分解し、蓄積した土壌のことをいう。

なんでも、泥炭は可燃性があり、乾燥させれば燃料にもできるのだとか。

地面の泥炭を踏み踏みしてみる。水分を多く含んでいて、弾力があってぶよぶよしていた。

なるほど。この地形では、馬は歩けないはずだ。

馬車は近くの村に置き、ここまでは歩いてきた。

アメリアは泥に足を取られ、不快そうにしている。靴みたいな物が必要だったか。

それから皆で拠点――天幕を張った。

敷物を広げても、地面がぐにぐにしているのが気になる。支える骨は沈んだりしないのか心配だ。

拠点が完成すると、私とアメリア、リーゼロッテさんを残して残りの隊員は人食い蜥蜴退治にでかけてしまった。薄暗い湿地に取り残される。とは言っても、いつも一人ぼっちでお留守番なので、誰かがいるというのは心強い。

「よっし、リーゼロッテさん、食材探しに行きましょう」

「え？」

『クエ？』

私の提案に、目を丸くするリーゼロッテさんとアメリア。

「どうして、わざわざそんなことをするの？」

「おいしい食事を食べるためです」

信じられないという視線を受ける。

「あと、暇なので」

皆が魔物討伐に行っている時間、ぼ〜っと過ごすのはもったいないのだ。

「アメリアも一緒に行きますよね？」

『クエ！』

「リーゼロッテさんは？」

「鷹獅子《グリフォン》が行くのならば、わたくしも行くしかないでしょう」

とまあ、こんなわけで、リーゼロッテさんと食材探しに行くことになった。

湿地と言えば、湖沼だろう。そこに魚類などが生息しているはずだ。

リーゼロッテさんは心から嫌そうな顔をしていた。とっても正直な人なのだ。

「あなた、歩き回って、魔物とか大丈夫なの？」

「はい。耳は良いので、気配を感じたら逃げます」

フォレ・エルフの耳を信じてほしいと伝えた。

渋々と、といった感じで同行してくれることになった。

リーゼロッテさんは細長い袋の中から杖を取り出す。

出てきたのは、赤い宝石が先端に嵌《は》め込まれた水晶杖。柄は金で、細かな宝石が散らしである。半メトルもない、短い杖だ。

「うわ、可愛いですね」

褒めると、にっこりと微笑んでくれた。幻獣がらみ以外で、初めて見せてくれた笑顔だった。

「では、改めまして、出発です！」

『クエ！』

「さっさと探して、切り上げるわよ」

足元の悪い中を進んでいく。

途中で何度もアメリアの足が泥に取られ、リーゼロッテさんと一緒に引っこ抜くことになった。

それにしても、本当に歩きにくい。ルードティンク隊長達は上手く戦えているだろうか。心配だ。

「きゃあ！」

考えごとをしている時に、背後より聞こえた悲鳴。振り返ると、リーゼロッテさんが泥の地面に尻もちをついていた。

大丈夫そうには見えなかったので、無言で手を貸す。自慢の杖も泥だらけだ。

リーゼロッテさんは顔を真っ赤にして、唇を噛みしめている。

きっと、文句を言いたいのを我慢しているのだろう。かなり負けず嫌いのようだ。

「リーゼロッテさん、今はルードティンク隊長もいないので、いろいろ言ってもいいのですよ」

「べ、別に、どうってことないわ、こ、こんなこと！」

リーゼロッテさんは私の手を握り、一気に立ち上がった。

『クエ～』

アメリアが杖を銜《くわ》え、リーゼロッテさんに渡してくれる。

「あ、ありがとう、あなた、とっても、い、いい子ね」

アメリアから杖を受け取ったリーゼロッテさんは、突然ボロボロと涙を流す。

幻獣に優しくされて泣いてしまうなんて。

でもまあ、無理もないだろう。貴族のお嬢さんが泥だらけになるなんて、ありえないことだから。

やっとのことで湖沼へ辿り着く。

さっそく、畔の泥からコポコポと気泡が出ているのを発見した。

ナイフを取り出し、掘ってみる。

「な、何がいるの？」

「わかりません」

泥の中で生きる水生動物は——沢蟹《ルクラブ》、陸海老《ルブケ》、泥蛙《ラーナ》、くらいだろうか。

「か、蛙ですって⁉」

「はい。結構おいしいですよ」

「信じられない」

ザックザックと泥を掘れば、カツンと音が鳴る。水を掬い、上からかけてみた。

「あ！」

発見した食材を手に取る。リーゼロッテさんは嫌だと叫んだ。

「きゃあ！　こっちに見せないで、怖い！」

「大丈夫です。蛙じゃないです」

「な、何よ～～」

私が発見したのは、大きくて濃い紫色の二枚貝。

「やだ……泥だらけの貝なんて、食べたくないわ」

「これ、たぶん高級貝ですよ」

淡水の中で育つ貝で、高値で売られているのを見たことがあるのだ。

「リーゼロッテさんも食べたことがあるかと」

「確かに、言われてみれば、前菜とかで見たことがあるような」

市場のおじさんが言っていたのだ。紫色の二枚貝はこれしかないと。

湖の水で綺麗に泥を落とし、革袋に入れる。

可能ならば、隊員全員分は獲りたい。周囲へと目を凝らしていたら――。

『クエクエ～！』

すぐ近くにいたアメリアが鳴く。どうやら二枚貝の住処を発見したらしい。

見に行くとさきほど同様に、コポコポと気泡が出ていた。

「アメリア、偉いですね」

『クエ！』

アメリアは発見しただけでなく、泥を掘り始める。すると、私が獲った物よりも大きな二枚貝が出てきた。

「わあ、すごいですね」

『クエ～～！』

食材探しができるなんて優秀だ。手を綺麗に洗って、頭を撫でてあげた。

私は一心不乱に二枚貝掘りをした。実に大漁で、あちらこちらから出てくるのだ。

『クエクエ！』

「おっ、見つけましたか」

二枚貝がいると思われる地面を、アメリアが爪先でペンペンと叩く。そこを掘れば、かなりの確率で大きな二枚貝が埋まっているのだ。

私が掘っている間、アメリアは次なる獲物を発見した模様。

『クエクエ！』

「ちょっと待ってくださいね」

深い所に埋まっているようで、なかなか出てこない。

『クエ～』

「え、わたくし!?」

アメリアはリーゼロッテさんに一枚貝を掘るよう、お願いしているようだった。

場所によってはぬかるみ過ぎて、爪で掘ることができないのだ。

しかしながら、お嬢様育ちのリーゼロッテさんに貝掘りは無理だろう。そう思っていたが――。

『クエ～クエ～』

「ウッ……」

『クエクエ？』

アメリアは「ここに貝あるんですけれど～、掘ってくれませんか？」的なことを言っているようだ。リーゼロッテさんは上目遣いでお願いされて、顔が真っ赤になっている。

『クエ～』

「わ、わかったわ。掘るから！」

そう言って、しゃがみ込む。手にしていた杖で、ザックザックと掘り始めた。

金の柄の美しい杖が、ますます泥だらけに。

悪いなと思ったが、一つでも多くの二枚貝を持ち帰りたかったので、ありがたかった。

貝は浅めのところに埋まっていたようで、すぐに見つかった模様。

「見つけたわ！」

『クエ～～』

リーゼロッテさん、泥だらけになって……。

申し訳なく思ったけれど、喜んでいるアメリアを見て頬を緩ませていたので、まあいっか。

アメリアは私にしか気を許さないのではと戦々恐々としていたけれど、そうでもないみたいで安心した。これからも、いろんな人と仲良くしてほしい。

ぼんやりしている暇はない。作業を再開させる。

私もやっとのことで、二枚貝を手にすることができた。

今日掘った中で、一番の大きさだ。

湖で泥を落としていると、真ん中から、ゴポ、ゴポポと、気泡が浮かんでくる。

もしや、超巨大貝とか？

湖を覗き込めば――。

『クエエエ!!』

アメリアが低い声で鳴く。その声を聞いた瞬間、私も我に返った。これは、貝なんかじゃないぞと。気付いた時にはもう遅い。ザバリと、天を衝くように高い水柱が上がった。

「ひえええええ～～っ！」

頭から湖水を被る。全身びしょ濡れだ。そんなことよりも、目の前の光景に愕然としていた。

湖から出て来たのは、巨大な泥鱠《ヴェルス》。

蛇のように細長く、広い口に長い髭《ひげ》がある。目はつぶら。おそらく、天敵がいないので、このように巨大化したのかなと。いや、冷静に解析している場合ではない。

泥鱠《ヴェルス》はのっぺりとした顔を、こちらに向けていた。

もしかして、貝を掘りまくっていたので、お怒りとか？

「か、貝はいりません、差し上げますから！」

いましがた獲ったばかりの貝を、ポーイと湖に投げ込んだ。だが、泥鱠《ヴェルス》はまったく反応しない。

長い尾を水面から出し、私のほうへと振り上げてくる。

終わった。そんなことを考えていたところ、驚きの展開となる。

『クエッ！』

アメリアが私の目の前に飛びだしてきて、襲い来る尾を爪で弾き返した。

傷は付いていなかったが、想定外の攻撃だったのか、ビクリと反応し、尾を水の中に戻す。

だが、攻撃はこれで終わりではなかった。今度は口をパッカリと開いて、こちらに向かってくる。

アメリアが食べられてしまう！

私は咄嗟に、アメリアの体に覆いかぶさった。

怖かったけれど守らなきゃと思ったら、勝手に体が動いていたのだ。

歯を食いしばり、衝撃に備える。が、想定していた痛みは襲って来ない。

刹那、目の前で何かが光る。

――凍て解け打ち破るは、熱《いき》り立つ炎獄の迸発《ほうはつ》
凛とした声が聞こえた。

魔法陣が浮かび上がり、炎の球が生まれ、泥鯰《ヴェルス》の体を焼き尽くす。

丸焦げとなった泥鯰《ヴェルス》は湖に沈んでいった。

もう大丈夫なのだとわかったら、一気に肩の力が抜けた。

びっくりした。まさか、湖の中に巨大な泥鯰《ヴェルス》がいたなんて。

一度沈んだ泥鯰《ヴェルス》だったけれど、ぷかぷかと湖に浮いてきた。あんなに大きな口だったら、

丸呑みされていただろう。ぞっとする。しかも、ちょっと香ばしい匂いがするのが。いやいや、気にしたら負けだ。

抜けていた腰が復活したので、リーゼロッテさんにお礼を言いにいく。

「リーゼロッテさんの魔法で、倒してくれたのですね。ありがとうございました」

「……」

「リーゼロッテさん？」

顔を覗き込めば、ポロリと涙を零《こぼ》すリーゼロッテさん。

「えっ、あの……」

「こ、怖かった」

杖をポテンと手放し、私に抱きついてくるリーゼロッテさん。

「やだ、あれ何なの？　大きいし、殺意剥きだしで、気持ち悪かった」

「す、すみません」

堂々としているようだったけれど、実際はかなり怖かったようだ。

背中を撫でて、落ち着くのを待つ。

「詠唱が間に合ってよかったわ」

やっと涙が止まったリーゼロッテさんは、しみじみ呟いていた。

「ありがとうございました。おかげさまで、助かりました」

「べ、別に……」

魔物を察知することには自信があったのに、まったく気付かなかった。貝掘りに夢中になっていたからだろうか。恐ろしい。

「さすがに、あれを食べるとか言わないわよね？」

「ええ、魔物は食べません」

ゲテモノ食いだけはしないようにと、実家の母に注意されていたのだ。

それを聞いて、ホッとしているリーゼロッテさん。

食材探しはここで切り上げる。

拠点に戻って、夕食の準備をしなければ。

＊

「――それにしても、酷いわね」

「同感です」

リーゼロッテさんと私は泥だらけだったのだ。食材探しに行っただけなのに。

しかし、身なりを気にしている場合ではない。料理の準備をしなければ。さすがに濡れて重たくなっていた外套は脱いだけれど。

その辺にある石を拾い、簡易かまどを作る。固形燃料を入れ、火打ち石で火を熾こす。

が、周囲に湿気があり過ぎて、なかなか上手く火が点かない。

「ねえ、わたくしに任せて」

リーゼロッテさんが魔法で火を作ってくれる――が。

「きゃあ！」

「うわあ！」

力加減を間違えて、大炎上。高々と上がる火柱。

時間をかけて、火を落ち着かせる。

「ご、ごめんなさい。こういう小規模な魔法に慣れていなくて」

「いえ、魔法は日常使いするものではありませんし」

気を取り直して作業を再開させる。

貝は二十七個ほど獲れた。まず、二枚貝を塩で揉んで、綺麗にする。

結構力を入れて磨くので、息が上がってしまった。

「わたくしも手伝ったほうがいいの？」

「いえ、お気遣いなく」

と、お断りしたけれど、リーゼロッテさんも手伝ってくれた。

「やだ、手がかじかんで真っ赤」

「すみません」

「いいのよ」

お嬢様だから、こんなことしたことなんてないだろうに。

一生懸命、貝を磨いてくれた。それが終わったら、泥抜きをする。

桶にぬるま湯を注ぎ、殻を擦りつけるように混ぜる。そのまま、しばらく放置すると、泥を吐き出すのだ。

「お湯で泥抜きができるのね」

「はい。ぬるま湯に入れると、貝がびっくりして殻から顔を出すんです。その隙に、殻と殻を合わせるように混ぜると、泥を吐き出してくれるのですよ」

「ふうん、そうなの」

前にガルさんから教えてもらった泥抜きの方法なのだ。

しばしの休憩。私物のビスケットと薬草茶を楽しむ。

「すみません、安売りで買ったビスケットと、手作りのお茶で、お口に合えばいいのですが」

ビスケットを食べ、お茶を飲む。体がじわじわと温かくなった。

「とってもおいしいわ。動き回ったから、お腹が空いていたこともあるかもしれないけれど」

「よかったです」

モソモソとビスケットを食べ、薬草茶で流し込む。

アメリアにも、ご褒美の果物を与えた。

辺りは暗くなっていたので、角灯《ランタン》に火を点《とも》して作業再開。

泥抜きした二枚貝二十七個のうち、二十個を殻ごと沸騰したお湯の中へ。酒を入れてもうひと煮立ち。湯が白濁色になるのを待って、味見をする。

驚いた。すごく濃い出汁が出ている。苦労して探した甲斐があった。

仕上げに香辛料などで味を調える。

『クエ？』

アメリアが遠くをみた。どうやら、ルードティンク隊長達が帰ってきたようだ。

ちょうど良かった。鍋に乾燥麺を投入する。

一番乗りで辿り着いたのは、疲れた顔をしたウルガス。

「戻りました～～」

「お疲れ様です」

泥だらけの姿を見て、ぎょっとされる。

「あれ、リスリス衛生兵、どうしたんですか？」

「ちょっと大変な出来事がありまして」

人食い蜥蜴退治に行っていたウルガス達よりも、私やリーゼロッテさんのほうが薄汚れていたのだ。どうしてこうなった。

「何があったんですか?」

「あとでお話しします」

その前に食事だ。戻って来たガルさんに、鍋を地面に下ろしてもらう。

残った貝は、鍋の蓋で酒蒸しにする。

蓋にその辺で採取した葉っぱを敷き、その上に貝、ルードティンク隊長の高級酒、乾燥土茴香《ディル》草を振りかけた。

その上に大きな葉っぱを被せ、しばし蒸す。

「おい、それ俺の酒じゃないか?」

「すみません、ついうっかり」

「うっかりで間違えるか」

手にしていたお酒は没収されてしまった。

しゅんとしていたら、リーゼロッテさんが庇《かば》ってくれる。

「いいじゃない。少しくらい」

「少しじゃねえよ。さっき、ドバドバ入れていた」

「だったら、代わりに今度、お父様のお酒をあげるわ。地下の貯蔵庫に、たくさん持っているの」

「いや、それはいい」

さすがのルードティンク隊長でも幻獣保護局の局長こと、リヒテンベルガー家の侯爵様のお酒は受け取れないのだろう。

そんな話をしているうちに、二枚貝の酒蒸しは完成する。

お食事の時間だ。器に二枚貝のスープ麺を注いで配る。

食前のお祈りをして、戴くことにした。

フォークに麺を巻きつける。ふわりと湯気が上がった。まだアツアツなのだろう。

ふうふうと冷ましてから食べた。

麺に二枚貝のあっさりスープがよく絡んでいて、おいしい。いい出汁が出ている。

乾麺は初めて食べたけれど、モチモチ食感が面白く、喉越しもツルッとしていた。

貝は出汁を取ったあとなので、身がぎゅっと縮んでいた。が、これはこれでいける。

リーゼロッテさんは大丈夫だったのか。ちらりと、覗き見る。

膝に器を載せ、お上品に食べていた。服にこぼさないのか、ちょっと心配になる。

フォークに絡ませた麺を口にした瞬間、目を見開く。

「リーゼロッテさん、どうですか?」

「ど、泥貝なのに……おいしい」

「よかった」

お口に合ったようで何より。次に、酒蒸しを食べる。

フォークを身に突き刺し、殻から外す。残念ながら、貝柱は取れなかった。あれがおいしいのに。まあいいかと、貝を口に持っていく。

スープの出汁にした貝と違い、蒸した貝はふっくら柔らか。旨みが凝縮されている。

泥抜きもしっかりできていたので、じゃりっと感はない。

大満足の夕食だった。

「そういえば、人食い蜥蜴は退治できたのですか？」

険しい顔で首を振るルードティンク隊長。明日もここで討伐任務をしなければいけないからか、皆の空気は重くなる。

「そもそも、湿原に蜥蜴というのもおかしな話だ」

ベルリー副隊長は語る。

通常、蜥蜴魔物は丘陵地帯の陽当たりの良い場所に生息しているらしい。ジメジメしていて、陽が当たらないこの地にいるのはおかしいと。

ザラさんもおかしな点について、言及する。

「まあ、魔物だから、耐性がある可能性もあるわ。けれど、蜥蜴の一匹も確認できなかったのよ」

本日戦った魔物は蛙系、甲殻系、鼠系だったらしい。

「たぶん、蜥蜴じゃなかったんじゃないかな～って、思っています」

これはウルガスの見解。なるほど。被害者の証言が間違っていると。

「ね、ねえ、もしかして、わたくしが倒した泥鯰《ヴェルス》が人食い蜥蜴だったんじゃないかしら？」

「あ！」

そういえば、すっかり報告を忘れていた。食事作りのことで、頭がいっぱいだったのだ。

「なんだ、リスリス。何か知っているのか？」

「え、え～っと……」

泥鯰《ヴェルス》について報告すれば、「早く言え！」と怒鳴られた。これは私が悪い。反省しなければ。

引き続き、ガミガミ怒るルードティンク隊長。命にかかわることだからか、ベルリー副隊長も助けてくれない。

「すみませんでした。次から気を付けます」

「食材探しは禁止だ」

「ええ、そんな……」

それならばおいしい物を食べられないではないかと抗議すれば、反省していないのかと、ジロリと睨まれる。その通りだと思ったので、ウッと言葉を呑み込んだ。

「とりあえず、明朝から確認に行く」

「はい」

「リスリス、お前も付いて来い」

「はい」

気分は最悪だ。しかも、泥だらけの状態で眠らなければならない。

ベルリー副隊長は私の背を叩き、しばしの辛抱だと言っていた。

水は貴重なので、体を申し訳程度拭いただけで眠ることになる。

隣に横たわるリーゼロッテさんは、何度も寝返りを打っていた。きっと、眠れないのだろう。

私はむくりと起き上がり、薪のほうへ向かう。カップにお湯をもらい、蜂蜜《ミエレ》を垂らした。

「リーゼロッテさん」

「……何？」

「これ、よかったらどうぞ」

ただの蜂蜜《ミエレ》を垂らしたお湯だけど、精神的な緊張を解す作用があるのだ。

「ありがとう……」

「いえいえ」

蜂蜜湯を飲んだあと、リーゼロッテさんのすうすうという寝息が聞こえ、ホッとした。

これで問題解決。と、ここで気付く。眠れないのは私もだと。

蜂蜜湯を飲み、眠れ～眠れ～と暗示をかけながら眠ることになった。


翌日。朝から巨大泥鯰《ヴェルス》の確認に向かう。

アメリアも付いて来ようとしているけれど、足元が悪い道なので連れて行きたくない。

「アメリア、ガルさんとここで待っていてくれますか？」

『クエ～クエクエ！』

嫌だと申すのか。けれど、私も折れない。

「いい子で待っていたら、遊んであげますから」

『クエ～～……』

時間をかけて説き伏せれば、渋々といった感じで言うことを聞いてくれた。

ガルさんの隣に行き、いじけたように丸くなっている。

ルードティンク隊長、ザラさん、ウルガスと共に、貝を採取した湖へと向かった。

一時間後、現場に到着したが――。

「これは……」

「なんてことなの」

「うわあ」

隊長達は湖に浮かぶ息絶えた泥鯰《ヴェルス》を見て絶句した。

しばし言葉を失っていたが、これが人食い蜥蜴の正体で間違いないだろうとルードティンク隊長は判断する。

「しかし、これを一人でやっつけるなんて、あのお嬢さんは何者なんでしょうねえ」

ウルガスの言葉に、顔を顰めるルードティンク隊長。ザラさんはリーゼロッテさんを評する。

「かなりの実力者であることには違いないわ」

この泥鯰《ヴェルス》は、ルードティンク隊長でも苦戦するだろうと話す。

なんでも、皮がぶよぶよでかつ厚く、剣で斬りつけてもなかなか刃が通らないらしい。

命を助けてくれたリーゼロッテさんには、感謝の言葉しかない。

ザラさんが口元に笑みを浮かべ、ルードティンク隊長に話しかける。

「リヒテンベルガー魔法兵、すごい活躍じゃない。きちんと食事もとれているし、野営もできたし、戦闘能力も申し分ない。これは、認めるしかないわねえ」

リーゼロッテさんの戦闘評価に、ルードティンク隊長はふんと鼻を鳴らすばかりであった。

泥鯰《ヴェルス》の頭部の一部を切断し、持ち帰るらしい。

その作業に二時間ほどかかった。リーゼロッテさんがこんがり焼いていなかったら、もっと作業に手間取っていただろう。

それから、拠点に戻るのでまた一時間。もう、くたくただ。

戻って来た私にベルリー副隊長は労いの言葉をかけてくれる。それから、嬉しいお誘いも。

「昨日、温泉を見つけたんだ。一緒に入りに行かないか？」

なんでも、非火山性の温泉が湧いているらしい。これは、雨水が地中に染み込んでできた地下水脈が、地熱によって温められてできた物だとか。

「草原の中に湯気が漂っていたので、何かと思って近づけば、温泉だったのだ」

「おお……！」

なんて素晴らしい発見。

昨日と違い、今日は晴天だ。きっと、青空の下でお風呂に入るなんて、気持ちいいだろう。

「リーゼロッテさんも行きますよね？」

「温泉って、天然のお風呂なのよね？」

「そうです」

「外と隔《へだ》てる仕切りみたいな物は――」

「ないです」

顔が引きつるリーゼロッテさん。

「でも、温泉なので肌がツルツルになりますし、こびり付いた泥も落とせてすっきりしますよ」

「けれど、はしたないわ」

「そうですか。残念です」

アメリアも行くかと聞けば、『もちろん《クエ》』と答える。

踵を返そうとすると、ぐっと肩を掴まれる。

振り返れば、顔を真っ赤にさせているリーゼロッテさんが。

「アメリアが行くのならば、やっぱりわたくしも行くわ」

「わかりました」

そしてなぜか、蜂蜜《ミエレ》を要求される。

「もしかして、美容に使うのですか？」

「そんなことするわけないでしょう」

肌に塗って新陳代謝を促す美容法かと思ったけれど、違うと言われた。

「蜂蜜《ミエレ》で結界を張るの」

どうやら、魔法の媒介に蜂蜜《ミエレ》を使うようだ。場所が草原なので、自然と関わりのある物が必要なのだとか。結界を張ったら、外から覗けないようになるらしい。非常に便利だ。

「というわけだ。入浴中の見張りは不要だな」

ベルリー副隊長は誰かに見張りを頼むつもりだったようだ。

ウルガスが「残念です」と発言していた。にやけもせずに堂々と言っていたからか、逆にいやらしさを感じないのがすごい。

そんなわけで、私達は温泉へと向かう。

「アメリア、結構泥だらけですね」

『クエ～』

お風呂に浸からせたことはないけれど、羽の奥のほうまで汚れているので、可能ならば丸洗いしたい。どうだろうか？　リーゼロッテさんに聞いてみる。

「問題ないと思うわ。耐性あると思うし。嫌がらなければ大丈夫」

「そうですか。ありがとうございます」

さすが専門家だ。子育ての悩みが一瞬で解決するのは非常に助かる。

歩くこと一時間。湯気が上がる草原温泉に到着した。

温泉の色は乳白色。匂いは薬草っぽい。お湯はサラサラしていて、肌への刺激もない。

早速、リーゼロッテさんは蜂蜜《ミエレ》を取り出し、魔法陣を描き始める。

惜しげもなく地面に垂らされる蜂蜜《ミエレ》。あとで買って返してくれるらしいのでいいけれど。

詠唱と共に、組み立てられる結界。

温泉を取り囲むように、光の柱が空へと上がっていく。

結界は透明になったが、外からは覗き込めないようになっているらしい。

「これでよしっと」

「リーゼロッテさん、お疲れ様です」

「別に、大したことではないわ」

準備が終わった。まずは体にこびり付いた泥を落とさなくては。

無表情で服を脱ぐベルリー副隊長と、ためらうリーゼロッテさん。対照的な二人だ。

私は時間がもったいないので、サクサクと脱ぐ。

「リーゼロッテさん、何を恥ずかしがっているのですか。この前も一緒に入ったでしょう?」

「あ、あれは、仕事だったから」

リーゼロッテさんがもたもたしている間にも、ベルリー副隊長はどんどんと服を脱いでいく。

ふと見れば、ベルリー副隊長が胸に包帯を巻いていたので、ぎょっとする。怪我でもしているのかと聞けば、そうではないと否定する。

「邪魔だからこうしているだけで、負傷しているわけではない」

「邪魔……？」

意味がわからず、包帯を取り外すベルリー副隊長をじっと眺めてしまう。

その下にあったのは……うん。

そうか……ベルリー副隊長、そうだったのか。そんなご立派な……。

ぼやぼやしているうちに、先にベルリー副隊長が湯に浸かる。

「ふむ」

「どうですか？」

「実に面白い」

なんでも、温泉の底はぶよぶよの泥らしい。湯の上はサラサラだけど、下にいくほど、とろりとした泉質になっているとのこと。

ならば、泥は落とさなくてもいいかと思い、そのまま湯に浸かった。

「ひゃあ～～、温かくて、気持ちいいですね」

「ああ。生き返るようだ」

アメリアはどうだろう。湯を覗き込んでいたので、爪の先にかけてみる。

『クエ？』

「湯加減はどうですか？」

『クエ～』

問題ないらしい。手を差し出せば、どぷんと浸かる。

『クエ～、クエ～』

気持ちいいらしい。スイスイ泳ぎながら、温泉を堪能していた。

リーゼロッテさんはアメリアが入ったのを確認すると、服を脱ぎ始める。相変わらず、出るべきところは出て、引っこむべきところは引っ込んでいる、素晴らしい体つきをしていた。

リーゼロッテさんは、手巾《ハンカチ》で体を隠しながら、恐る恐る湯に浸かる。

「――あ」

ほんのりと頬を染め、息を吐いている。

どうやら、お気に召してくれたようだ。

視線を水面に移動させると、意外な事実が発覚する。


――胸って、お湯に浮くんだ……。

自分のものでは気付かなかった。フォレ・エルフの村にいた時は、湯に浸かる余裕なんてなかったし、寮の共同風呂は他の人に裸を見られるのが恥ずかしくてゆっくり浸かれなかったのだ。

世界は不思議で溢れている。

ベルリー副隊長とリーゼロッテさんの御乳を見ながら、しみじみ思った。


湯を手で掬い、じっと観察する。匂いは薬草のよう。

周囲の草木の成分が溶け込んだ、天然の薬草湯なのだろう。荒れていた手先が良くなるように、しっかりと擦り込んでおく。

パシャパシャと、アメリアが温泉を泳ぐ音だけが聞こえる。

皆、喋らずに、ゆったりのんびりと、温泉を堪能していた。

体が温まったので、湯から上がる。

水分を拭き取り、綺麗な服に着替えた。アメリアの体も丁寧に拭き取る。

「いやあ、さっぱりしました」

温泉は最高だ。近くにあれば、毎日通いたい。リーゼロッテさんは実家に温泉を引きたいと言っていた。侯爵家のご令嬢が言えば、実現しそうで恐ろしい。

「それか、ここに温泉地を作るの。幻獣温泉……」

幻獣煎餅を作り、世に幻獣の素晴らしさを伝える観光地にしたいと、リーゼロッテさんは熱く語る。野望は尽きないようである。

体もさっぱりしたので、食事の時間にする。いろいろと材料を持って来ていたのだ。

石を積んでかまどを作り、鍋を置くまでは良かったが、肝心の固形燃料を忘れてきてしまった。

「ふ、不覚！」

リーゼロッテさんの魔法は調理に使えない。小さな火を維持するのは難しいことらしい。

お腹は空いている。パンなどはあるけれど、なんだか温かい物を食べたい気分だったのだ。

「そういえば、ここの泥は燃料になるとザラが言っていたような」

「そうでした！」

しかし、泥は水分をたくさん含んでいて、ぶよぶよだ。

ちらりと、リーゼロッテさんを見る。

「私の魔法で土の水分を飛ばせと？」

「可能ならば」

揉み手、擦り手でお願いをする。

太っ腹なリーゼロッテさんは、私の願いを快く引き受けてくれた。

杖を握り、早口で唱えられる呪文。

――大爆発《エクスプロシオン》！

ドカ～ンと、遠くで爆発が起こった。想定外の規模に、目を剝く。

「あれくらいで足りるかしら？」

「……十分過ぎるほどに」

こうして、私は遠く離れた場所にある泥炭を取りに行くことになった。


気分を入れ替えて、調理に取りかかる。

リーゼロッテさんが作ってくれた泥炭はよく燃えていた。

作るのは、シンプルなスープ。

塩漬け猪豚《スース》で出汁を取り、その辺で摘んだ香草を入れる。途中で炒った豆を入れ、味を調えてひと煮立ち。

豆が柔らかくなったら、完成だ。スープを器に注ぎ、薄く切り分けたパンを配る。

アメリアの前には、果物を並べた。

食前の祈りを捧げ、食べ始める。

アメリアは器用に爪で果物の皮を剝いていた。上手くなったものだと、感心する。

その様子をじっと眺めるリーゼロッテさんに気付いたアメリアは、果物いる？　と尋ねるかのように、『クエ？』と鳴いていた。優しい子だ。

「リーゼロッテさん、食べましょう」

「え、ええ、そうね」

スープを一口。猪豚《スース》の出汁はこってりしている。それが疲れた体に沁み入るようだった。

しょっぱさもちょうどいい。

塩漬け猪豚《スース》は脂身がプルプルしていて、舌の上で蕩《とろ》ける。

ホクホク食感の豆もおいしかった。

リーゼロッテさんが作ってくれた燃料のおかげで、おいしい食事にありつけた。

大満足である。


大量に作った泥炭燃料はもったいないので持ち帰る。固形燃料も買っている物なので、節約になるだろう。

欲張って革袋いっぱいに詰め込んだためすごく重たくてよろついていたら、ベルリー副隊長が代わりに運んでくれた。

「すみません、ベルリー副隊長」

「気にするな。鍛錬になる」

本日もベルリー副隊長は男前である。

リーゼロッテさんはうっとりとした表情で、アメリアを眺めながら歩いていた。

「あの、リーゼロッテさん、余所見《よそみ》しているとまた転びます――」

「きゃあ！」

お約束なのか。またしてもリーゼロッテさんは泥に足を取られて転びそうになる。が、今回は寸前で、ベルリー副隊長が腕を引いて事なきを得たようだった。

「大丈夫か？」

「え、ええ……あ、ありがとう」

手にしていた泥炭燃料の入った袋を投げ、リーゼロッテさんを助けるベルリー副隊長の判断力と瞬発力。是非とも見習いたい。

「移動中は歩くことと、周囲の警戒に努めてほしい。魔物が突然飛びだしてくることもある」

「ごめんなさい」

ベルリー副隊長に注意され、しゅんとなるリーゼロッテさん。

私もアメリアを見ているなと気付いた時に、指摘すればよかったと反省。

しかし、転んで泥だらけにならなくてよかった。

一時間後、拠点に戻って来る。

男性陣はパンと干し肉、野菜の酢漬けなどで、簡単に昼食を済ませたらしい。

スープを作って食べたと言うと、ウルガスに羨ましがられた。

「近くの村で一泊するから、夜はまともなもんが食えるだろう」

ルードティンク隊長が言う。

なんでも、泥鯰《ヴェルス》の頭部を持っていき、被害者にこの魔物で間違いないかという確認をしなければならないとか。

なるほど。今回みたいに見間違いの可能性がある場合は、大切なことだろう。

私達は馬車を預けている村へと戻った。

カルクク湿原から徒歩三十分ほどの場所に小さな村がある。名前はクレセント。

高床式の家に、高い木が茂っている。暑いからか、女性陣は露出度の高い服を着ていた。

村長の家まで歩いていく。ルードティンク隊長は泥鯰《ヴェルス》の頭部が入った袋を担いでいた。

この巨大な袋は、ルードティンク隊長が魔物の首を持って帰ると言った時用に作っておいたのだ。まさか、こんなに早い段階で役に立つとは。ちなみに革製で、材料費はルードティンク隊長持ち。

馬車を置きに来た時、ほとんど村人はいなかったけれど、今日はちらほらと見かける。

騎士が珍しいのか、身を乗り出して見る者もいた。

「うわ～、騎士様だ～。カッコイイ～～」

遠巻きに見ていた村の子ども達が、指を差しながら叫ぶ。

「すげえ背が高くて美人な金髪のお姉さんがいる！　あんな綺麗な人、見たことない！」

子どもが指差していたのは――ザラさん。

そちらのお方はお姉さんじゃなくて、お兄さんです。夢を壊すのは可哀想だったので、黙っておいた。

「大きなわんわんがいる！　わんわん！」

小さな子どもはガルさんを見て大はしゃぎ。犬獣人《わんわん》じゃなくて狼獣人《ガウガウ》なのに。優しいガルさんは尻尾を振って見せていた。わあと喜ぶ子ども達。

「なんだあれ、小さい馬か？」

誰かがアメリアに気付いた模様。

「いいや、違う、鷹だ」

「鷹じゃない、四足獣だぞ」

幻獣鷹獅子《グリフォン》の知名度は低いのだろう。ざわざわと騒ぎ出す村人達。そこに近づいて行ったのはリーゼロッテさんだった。

「あれは誇り高き幻獣、鷹獅子《グリフォン》よ」

アメリアを指し示し、誇らしげに話すリーゼロッテさん。

「鷹獅子《グリフォン》だと……？」

「鷹獅子《グリフォン》というのか」

「そう！　古くは王家を護る神の御遣いとして崇《あが》められ、心優しく、気高い精神を持つ奇跡のような生き物なの。騎士隊エノクの象徴にもされているわ」

リーゼロッテさんよりご紹介に与《あずか》ったアメリアは、村人達の注目を浴びて落ち着かない様子でいる。空気を読んだからか、立ち止まり、自慢の翼をよわよわと広げ、『ク、クエ～』と遠慮気味に鳴く。

すると、村人達はワッと沸き、ありがたや、ありがたやと拝み始めた。

リーゼロッテさんは幻獣の布教が成功したので、満足げな表情を浮かべている。

歓声に誘われたからか、どんどんと村人が集まってきた。

誰かがカルクク湿原に出る人食い蜥蜴を退治したのではと言うと、拍手が起き、ワッと沸いた。

なんか、凱旋行進のような雰囲気に。どうしてこうなった。

「お母さん、小さい女の子もいるよ！」

「あら、本当。偉いわね～。応援してあげなきゃ」

「頑張れ～～」

小さい女の子というのは私のことだろうか？　十歳くらいの男の子に応援され、恥ずかしくなって、頭巾を深く被る。

幸い、今日はルードティンク隊長も外套の頭巾を被っていたので、山賊騒ぎにならずに済んだ。髭を剃るのが面倒で、頭巾で隠していたらしい。

そんな中、一人地味な青年騎士が、不満を漏らす。

「いいなあ、みんなチヤホヤされて」

「恥ずかしいだけですよ」

ウルガスはチヤホヤされたかったらしい。弓矢の腕前を見せれば、村娘も放っておかないだろうが、きっと見た目でチヤホヤしてほしいのだろう。

突然、村娘達がきゃあと黄色い声を上げている。見れば、ベルリー副隊長が片手で声援に応えたからだった。

「なんだろう、この、ベルリー副隊長に負けている感」

「大丈夫ですよ。ウルガスも最高にカッコイイですし、ステキです」

「リスリス衛生兵、ありがとうございます。棒読みだったけれど、嬉しい」

そんな話をしながら、やっとのことで村長の家に到着した。見世物状態から解放されたので、ひとまず安堵する。

家の中は結構広い。蔦《つた》模様のような独特の柄が織り込まれた敷物に、壁には狩猟で得た動物の骨が飾られている。机や椅子などはない。男性は胡坐《あぐら》を組んで座るのが礼儀のようだ。

村長は四十代くらいで、想像よりも若かった。小さな子どももいて、私を見た途端に妖精だと叫ぶ。夢を壊すべきではないと判断し、「はい、妖精です」と答えておいた。

ウルガスだけぶっと噴き出したので、あとで覚えておけよと思った。

ご家族との挨拶が終わると、村長としばし話す。はるばる討伐に来てくれたと、感激している様子だった。

話は本題に移る。まずは被害者の家族を呼び、確認してもらった。

やって来たのは二十代半ばくらいの青年。被害者のお孫さんらしい。

ルードティンク隊長が袋を広げる。出て来たのは、ほとんど外傷のない、泥鯰《ヴェルス》の頭部。

「これです、これが人食い蜥蜴です!! これに、爺さんは……」

やはり、蜥蜴と鯰を見間違えていたようだ。慌てていたので、見誤っていたらしい。

青年は涙を流し、私達に頭を下げてくる。

「ありがとうございます……これで、安心して、暮らせます……」

カルクク湿原へは親子三代で漁に行っていたらしい。沼地に生息する魚などを獲って、暮らしていたとか。村長は青年の肩を叩き、励ます。

村人の被害は一人だけだったらしい。巨大な泥鯰《ヴェルス》と出遭ったのは運が悪かったとしか言いようがなかった。

しんみりとした雰囲気になっていたが、村長は食事にしましょうと提案してくる。

「お腹が空いたでしょう。料理を用意させましたので」

村長がパンパンと手を叩けば、料理を持った女性達が次々と入って来た。

床には敷物が広げられ、大皿が並べられる。お皿の上には見たことがない肉料理が盛り付けられてあった。

湖鳥《ブーレ》の香草煮込みに、串焼き、蒸したようなパンに、大きな魚の丸焼き。昨日食べた貝もある。大鍋にはスープが。どんな味がするのだろうか。

カルクク湿原で獲れた新鮮な魚介やお肉などでご馳走を用意してくれたのだ。

村長の奥様が鍋のスープを注いで、手渡してくれた。

「泥鯰《ヴェルス》のスープでございます」

な、なんですと⁉

泥鯰《ヴェルス》は村の名物らしい。

「そ、それって、魔物ですよね？」

「いいえ、泥鯰《ヴェルス》は魔物ではないですよ」

昨日退治したのは、突然変異で大きく成長し、凶暴化したものらしい。普段は手のひらよりも小さな生き物なんだとか。

「貴重な食材です」

隣に座っているリーゼロッテさんを見る。白目を剥いていた。

私達の微妙な反応に気付いた村長は、奥様方がいなくなったあと、無理しなくてもいいと言ってくれた。

けれど、食べ物を無駄にするわけにはいかない。勇気を出して、食べてみることにする。

匙でスープをかき混ぜたら、そのままの形で煮込まれていた泥鯰《ヴェルス》とこんにちはしてしまった。大きさは小指くらいか。小さい個体を食べるらしい。

隣で様子を窺《うかが》っていたらしいリーゼロッテさんは「ヒッ！」と短い悲鳴を漏らす。

まず、スープから飲もうと思って、泥鯰《ヴェルス》は皿の底へと押し込んだ。

勇気を出して、スープを一口。

泥臭さはまったくない。それどころか、いい出汁が出ている。香草がたっぷり入っているからだろうか。

底に沈んでいた泥鯰《ヴェルス》も掬う。勇気を出して、胴に齧り付いた。

「やだ〜〜」

私の隣で、泥鯰《ヴェルス》とこんにちはしたリーゼロッテさんは悲鳴をあげる。

泥鯰《ヴェルス》は驚くほど柔らかかった。骨までしっかりと火が通っている。

「へえ、白身なんですね。淡白な味わいですが、結構脂が乗っていて、おいしいです」

身はふっくらで、口の中でほろりと解れる。

無理しなくていいのに、リーゼロッテさんも果敢に挑戦していた。

涙目で村長に「おいしかったわ」という感想を述べる。

きちんと噛まずに、丸呑みしたに違いない。

チョコレートの人

夜。本日二度目のお風呂に入る。浴室は別棟にあり、温泉が引かれていた。

村長は鷹獅子《グリフォン》も入浴させていいと言ってくれた。太っ腹である。

アメリアはすっかりお風呂が気に入ったようだった。寮では入れないので駄々を捏《こ》ねないか心配だけれど。

引っ越しは本気で考えなければならないだろう。アメリアは日々、成長している。

契約者として、暮らしやすい環境を整えなければ。

風呂から上がったあと、リーゼロッテさんに相談してみることにした。

一晩過ごすために用意されたのは、村唯一の宿泊施設。

独立した三つの宿泊棟のうちの一つが、女子隊員の部屋として提供された。

内部には寝台と簡易的な洗面所があるだけ。虫除けに蚊帳が天井から吊り下げられている。洗面所には泥鯰《ヴェルス》パックみたいな物があった。村の特産品なのだろう。

ベルリー副隊長は明日があるからと、先に就寝している。

部屋の端にある角灯《ランタン》の灯りは、王都の物よりも明るい。燃料の問題なのだろうか。あとで誰かに聞いてみようと思う。

眠っているベルリー副隊長には悪いと思ったが、リーゼロッテさんに相談をする。

「――鷹獅子《グリフォン》との住処ですって?」

「はい」

リーゼロッテさんは、目を丸くしながら「わたくしの家に来ればいいじゃない」と答える。それはちょっと、と遠慮をすると、どうしてかと問い詰められた。

「侯爵家の屋敷は広い部屋にお庭、お風呂だってあるわ。何かご不満なの?」

「いや〜〜」

ご不満は侯爵家の高貴なおじさんにある。

きっと、私に難癖を付けてきて、ガミガミと小姑《こじゅうと》のように生活指導をするに違いない。けれど、それを娘であるリーゼロッテさんに言えるわけもなかった。

「両親は幻獣について理解があるし、使用人だって振る舞いを心得ているの。侯爵家以上の環境は王都にないと思うけれど?」

「そうですね。ですが――」

ええい、ままよ!

そう思って、正直な気持ちを告げた。

「すみません、お気持ちは大変嬉しいのですが、どうも侯爵様が苦手で」

そう言うと、リーゼロッテさんは目を見開く。シンと、気まずい沈黙の時間となり、耐えきれなくなって重ねて謝った。

「いえ、いいの。ちょっと驚いたけれど、そうよね。お父様は、あなたに――あなた達に酷いことをしたわ。わたくしも、あの乱闘騒ぎには驚いたもの」

どうやら、港にリーゼロッテさんもいたようだ。その時の幻獣保護局は騎士隊との確執もあり、まともな判断ができていなかったと話す。

「ごめんなさいね」

「いえ」

幻獣保護局側にも怒りを覚える事情があった。第二遠征部隊の私達にはまったく関係のない問題だけど。謝罪もしてくれたし、その件は水に流していた。

話はアメリアとの住処問題に戻る。

「でしたら、母方のお祖母様のお屋敷はどうかしら？」

「ザラさんの山猫《イルベス》を預けているお宅ですね」

「ええ。よく知っていたわね。話が早いわ」

リーゼロッテさんの母方祖母のお家もかなりの幻獣愛好家らしい。国内五本の指に入る名家で、これまた大貴族だ。

「でも、お祖母様は家に人が来るのを嫌がる傾向があって――」

なるほど。

ちなみに、現伯爵はリーゼロッテさんの伯父さん。お祖父さんは十年前にお亡くなりになったらしい。

現在、伯爵家のお屋敷で山猫《イルベス》と二人暮らしをしているのだとか。

「生前分与で、一部の財産とお屋敷をお祖父様から貰っていたらしいの」

二百年の歴史ある豪邸ではあるが、新しい物好きの現伯爵は喜んで引き渡したらしい。

「お屋敷が王都の郊外にあるのも、伯父さんの気に入らなかった部分だったと思うの。不便だから」

「そういう事情もあったのですね」

お屋敷は森の中にあり、街まで馬車で一時間ほどかかる。

「ふうむ。一時間ですか」

「でも、鷹獅子《グリフォン》が成長して、空を飛べるようになったら、半分以下の時間で行き来できると思うわ」

「あ、そうですね」

アメリアには翼があったのだ。しかし現状飛ぶ気配がないので、大丈夫なのか気になるところではあるが。

　足元で丸まっていたアメリアに聞いてみる。

「アメリア、空飛べそうですか？」

『クエ〜〜』

まだ「わからないよ〜」と言いたいようだ。確かに、飛べたら飛んでいるだろう。

「では、もしも飛べたら、私を乗せてくれますか？」

『クエ！』

　これは了承したということだろう。

　頭を撫で、その時になったらよろしくとお願いしておいた。

「問題はリーゼロッテさんのお婆さんですね」

「ええ……。わたくしには優しいお祖母様だけれど、他の親戚とか、他人には厳しい人で
――」

「身内もお付き合いに苦労されているのですね」

「ええ、そうみたい」

　でも、ザラさんは別なのだろうか。王都に来てからずっと、夜勤の時や、忙しい時など
は山猫《イルベス》を預けているという話をしていた。

「だったら、まずわたくしからお願いしておくわ。もしかしたら、ザラ・アートの協力も
お願いするかもしれないけれど」

「わかりました。よろしくお願いします」

話はここで終了と思いきや、リーゼロッテさんはじっとこちらを見ている。

「それにしても、あなた、不思議ね。前から気になっていたんだけれど」

「え？」

「エルフなのに、まったく魔法が使えないなんて」

ウッと言葉に詰まる。

エルフと言えば、知恵と魔法の象徴みたいな噂が広がっているのだ。

「エルフの王道から外れた、はぐれエルフなんですよ」

「何よ、それ」

「私、魔法が使えない以前に、魔力がないんです」

「まさか！」

「そのまさかなんですよ」

フォレ・エルフの村では、産まれた時に医術師から魔力の測定をしてもらう。

私は、異例の魔力なしだったのだ。

「測り間違いではないの？」

「いいえ。信頼の置ける先生なんです」

「そうなの」

一応、気にしていないと言ったけれど、空気は重たくなってしまった。反省。

その後、会話もなく、ただただ時間だけが過ぎていく。

「あ、そうだ」

「？」

リーゼロッテさんが何か思い出したかのように、鞄の中を探っている。そして、目の前に差し出されたのは、銀紙に包まれた、ころりと丸いお菓子。

「これは？」

「チョコレート」

なんと、暑い場所で持ち歩いても、溶けないような加工がされている物らしい。

「ありがとうございます」

あとで戴こうと思っていたら、今食べるように言われてしまった。

「え、でも、こんな夜に甘い物を食べたら、太――」

「いいからお食べなさい」

「う、はい」

逆らうと怖いので、食べることにした。

銀紙を広げたら、つるりとしたチョコレートが出てきた。

大きさのわりに、ずっしりと重みがあるのも気になる。

「これは？」

「非常食で持ち歩いていたの。柑橘の味が利いていて、なかなかおいしいわよ」

「はあ」

一気に食べるのはもったいないので、まずは半分と思って齧《かじ》ったけれど硬い。なので、全部食べることにした。

嚙めないので、口の中で溶かそうと舌の上で転がしていたが、どうしてか溶けない。なので、ちょっとずつ嚙み砕いた。

食感はザクザク。滑らかさはいっさいない。柑橘の風味がふわりと漂うのはなんとも上品。そこまで甘くないのも新しいなと思った。

「しかし、不思議なチョコレートですね」

「ええ。口溶けを良くする乳製品が入っていないからだと。無添加製法のチョコレートで、わたくしのお気に入りなの」

「ほうほう」

なんでも、チョコレートが溶けるのは乳製品が混ぜられているからだと言う。それを徹底的に排除すれば、暑い場所でも溶けないチョコレートが完成するのだ。

最初は硬くてびっくりしたけれど、なかなかクセになる味だ。チョコレートの濃厚な香りも素晴らしい。

王都のチョコレート専門店に売っているらしいので、今度一緒に買いに行こうという話になった。

「良かった」

リーゼロッテさんがぽつりと呟く。

「え？」

「元気になって」

そこで気付く。リーゼロッテさんは私を励ますために、チョコレートをくれたのだと。

嬉しくて、ちょっぴり泣きそうになった。

溶けないチョコレートはリーゼロッテさんの思い出のお菓子らしい。

なんでも、何かある度に、贈って貰った物だとか。

「わたくしが小さい頃、このチョコレートをおいしいって言ったのを覚えていたのか、元気がなかったり、落ち込んでいたりしたら、買ってきてくれるの」

その人はとても不器用で、毎回買ってきたチョコレートを黙って机の上に置いていなくなる。それが励ましの言葉代わりだったことに気付いたのは、ごくごく最近だったと話す。

「また、素直じゃない、大変な人が近くにいたものですね」

「ええ」

気持ちは、言葉にしなければなかなか伝わらない。家族でも、親友でも、恋人でも、それは同じなのではと思っている。

「まあ、その人も、気の毒な環境の中にいて——」

なんでも、リーゼロッテさんのチョコレートの人は、王都でも一番の回復術師だったらしい。十四歳で騎士隊に入り、十六歳の時に国王の近衛部隊へ異動。華々しい活躍をし、家柄もいいことから、トントン拍子に出世した。

「騎士隊専属の天才魔法使いとして、名を馳せていたらしいけれど、本人にとっては、それが苦痛で……」

苦しみを分かち合う友もおらず、魔法使いだからと都合よく使われ、ほとんど休みなく働き、身も心もボロボロだった。

「まあ、そういうこともあるから、魔力があっても幸せでもなんでもないのよ」

「なんていうか、どういう風に言ったらいいか、わかりませんが……」

今となっては、魔力がなくて良かったとも思っている。村に残っていたら、王都での素晴らしい暮らしに気付かないまま生涯を終えていただろう。

第二部隊のみんなや、アメリアにだって出会えなかった。

「その人はそのあと、どうなったのですか？」

「騎士を辞めたわ」

「でしょうね」

その後、心の病で五年ほど引きこもっていたらしい。十四歳から働いていたので貯金もたくさんあったし、実家もお金持ちだったので問題は何も起きなかったとか。

「転機は、とある女性との出会いだったらしいわ」

引きこもりを見かねたご両親が、無理矢理お見合いをさせたらしい。

「やって来たのは山猫《イルベス》を連れた若い女性で——まあ、いろいろあってその女性と結婚できたの」

ここで気付く。リーゼロッテさんのチョコレートの人は——。

「もしかして、リーゼロッテさんのお父様……侯爵様ですか？」

気まずそうに、コクリと頷くリーゼロッテさん。なんでも、私が侯爵様のことを苦手だと言っていたので、はっきりと話さなかったのだとか。

「王都一の回復術師って……アメリアの怪我を治してくれたのも」

「お父様よ」

「やっぱり、そうだったのですね」

辛い時、傍にいて癒してくれた幻獣と奥さん。

侯爵様の周りが見えなくなるほどの幻獣愛の原点はそこにあったのだなと、納得した。

きっと、大変な愛妻家でもあるのだろう。

騎士隊に対して当たりが強かったのも、理由があったようだ。

「ごめんなさいね、こんな話をして」

「いえ、聞いたのは私ですから。それに、王都一の回復術師でないと、アメリアの翼は治らなかったでしょうから」

聞いたことがあるのだ。翼の折れた鳥は二度と空を飛ぶことはできないと。

実は、怪我をした部位を見た瞬間、この子はもう空を飛べないなと、判断してしまった。

それほどに酷い傷だったのだ。

完治して、動かせるようになったのは奇跡だろう。

「今度、アメリアと一緒にお礼を言いに行かなければならないですね」

「無理はしなくていいのよ」

「いえ、行きます。すぐに、というのは難しいかもしれませんが」

しばらくすれば、心の整理もつくだろう。その時になったら、きちんとお礼を言いたい。

それまでに少しでも侯爵様が丸くなっていないかなと期待をするが、無理だろう。人は簡単に変わらないから。

「リーゼロッテさん、遅い時間まで付き合ってくれて、ありがとうございました」

「いえ、わたくしも、ありがとう」

何のお礼かと首を傾げれば、照れた様子で顔を背けるリーゼロッテさん。

「どうかしました？」

「いえ、その……あ、あの、わたくし、こんなこと、初めてで……」

幻獣一筋。魔法も使えて、お家柄も良く、気位が高い。

そんなリーゼロッテさんは父親に似て（？）ほとんど家に引きこもって魔法の勉強をしていたとか。それ以外は幻獣に夢中で、社交界の付き合いはほとんどしていなかったらしい。

「こんな風に自分のこととか、家族のことをお話ししたのは初めてで、それを聞いてくれたのが、嬉しくて」

「そうだったのですね」

「なんだか、不思議な気分で……。でも、もっと、お話ししたいと思っているの」

「私でよければ、いつでも」

するると、ぐっと両手を掴まれる。「ありがとう」と重ねてお礼を言われた。

「あの、メルって呼んでいいかしら」

「ええ、どうぞ」

「ありがとう。わたくしのことも、リーゼロッテと呼んでいいから」

「わかりました」

さっそく、呼んでみるように言われる。

「なんか、恥ずかしいですね」

「いいから、早く」

「…………リーゼロッテ」

やっぱり呼び捨ては恥ずかしくて、照れてしまった。何度も呼んで慣れるしかないと言われる。

「まさか、お友達ができるとは思わなかったわ」

「お友達、ですか」

「あら、嫌だった？」

「いいえ、嬉しいと思います」

「思う？　曖昧な表現ね」

「え～っと、嬉しいです」

それで良しと、リーゼロッテは満足げに頷く。

今回、いろいろあったけれど、こうして王都で初めてのお友達ができたのは、嬉しいことだろう。

侯爵様のことはひとまず置いておいて、仲良くできたらいいなと思う。

翌日。王都へ帰還する。

帰りも馬車で一日半の旅になる。気が重い。

それでもまずは、ルードティンク隊長が馬車の手綱を握るということで、車内は和気あいあいとした雰囲気になっていた。

カードの死神引きで盛り上がり、ウルガスによるこれまでのルードティンク隊長の山賊伝説を聞き、ザラさんやリーゼロッテとアメリアのマント作りについてアイディアを出しあったりした。

途中、昼休憩で停まる。

キイと、不気味な音を立てて開く馬車の扉。

ぬっと顔を出したのは、目が据わったルードティンク隊長である。その顔面の恐ろしさに、悲鳴を上げそうになった。

「……お前ら、任務が終わったからって、楽しそうにしやがって！」

荒ぶるルードティンク隊長。悲鳴を上げるウルガスと私。

新しい山賊伝説の始まりだった。

＊

そんなこんなで、やっと王都へ帰ってきた。

今回も大変な遠征だった。早く寮に帰って眠りたい。

ルードティンク隊長とベルリー副隊長は、一度騎士隊本部に戻って報告書を提出しなければならないとか。上官は大変だ。

残りの隊員はここで解散となる――が、ルードティンク隊長がリーゼロッテを呼び止めた。

「何か？」

「いや、思いの外、遠征に付いて来たから、その……」

そうだ。ルードティンク隊長はリーゼロッテの入隊を反対していたのだ。

「よくやった」

「ええ。皆が、助けてくれたから、なんとかなったわ」

「そうか」

泥だらけになり、魔物と戦い、野営もしたけれど、リーゼロッテは音を上げなかった。

この頑張りをみたら、認めるしかない。

「本当に、いいんだな？」

ルードティンク隊長はリーゼロッテに問いかける。このまま、騎士を務めるのかと。

「ええ、わたくしにも、できることがあるって発見があったから、幻獣に関係なく、頑張りたいと思っているの」

「だったら――入隊を認めよう」

リーゼロッテは頬を赤らめ、嬉しそうにしていた。私も嬉しい！

ルードティンク隊長は照れくさくなったのか、「解散！」と言って踵を返す。ここで、ザラさんがパンと手を打って、提案した。

「なんか、帰りにぱ～っとおいしい物を食べに行きましょう」

「いいですね」

今の時間、寮の食堂は混んでいるので、外食で済ませたかった。

「アメリアは大丈夫でしょうか？」

「いつものお店でいいのなら、平気だと思う」

「では、そこにしましょう」

他の人も誘ってみる。ウルガスとガルさんも来てくれるらしい。

「リーゼロッテはどうしますか？」

「メルが行くなら」

「決まりですね」

大衆食堂だけど、とてもおいしいお店なので、気に入ってくれたらいいなと思う。

さっそく食堂まで移動する。

夕方なので人も多くなった。満席にならないうちに行かなければ。

ザラさんを振り返ったら、私の背を見つめていたのか、ばっちりと目が合ってしまった。

「どうかしましたか？」

「いえ、何か、あのお嬢様と短い間に仲良くなったのね、と思って」

「まあ、いろいろと話をしまして。その件について、ご相談があるのですが」

「幻獣がらみ？」

「はい」

明日、お休みなので、ザラさんの家で相談にのってもらうことになった。アメリアも連れてきていいらしい。果たして、山猫《イルベス》さんとの相性はいかに。

「駄目だったら、喫茶店かどこかで話をしましょう。たぶん、他に幻獣が入れるお店があるでしょうから」

「ですね。王都は幻獣保護局の本部のある街ですし」

リーゼロッテに幻獣も入れる喫茶店を聞いておこうと思った。

＊

翌日。

傍にあった温かい物体を抱きしめ、近くに寄せた。

フワッフワの触り心地で、頬を寄せていたら何かが突き刺さった。地味に痛い。

『クエ〜〜〜〜』

気が抜けるような間延びした鳴き声を聞き、ハッと覚醒する。朝だ。

どうやら、私はアメリアを抱きしめて眠っていたらしい。突き刺さったのは嘴《くちばし》だ。

本日はお休み。カーテンを開いたら、晴天が広がっている。

時計を見れば、食堂が閉まる十分前。今から駆け込んだら間に合うけれど、アメリアの食事より優先させるわけにはいかなかった。

部屋の外を見れば、新しい果物が届けられていた。さすが、幻獣保護局。仕事が速い。

箱の中には季節のおいしい果物が三種類ほど。二個ずつ与える。

『クエ〜』

「おいしかったですか。良かったですね」

尻尾を振り、上機嫌なご様子のアメリア。嘴に付いていた果物の汁を拭いてあげる。

それにしても、また大きくなったような気がする。一メトルはないだろうけれど。それに近いくらい、成長していた。

小さな寝台で一緒に眠るのはそろそろ厳しい。寮の部屋もそのうち手狭になるだろう。

ついに覚悟を決めて、お引越しをしなければならない時が来たようだ。

考えごとをしていると、ぐうとお腹が鳴った。このあとザラさんの家に相談に行くことになっているので、準備もしなければならない。

昨日、リーゼロッテに幻獣も一緒に入れる喫茶店を教えてもらったので、そこに行って軽く朝食でも食べようと思う。

箪笥の中から服を取り出し、生成《きな》り色のワンピースを着る。髪は一つ結びにして、頭の高い位置で括った。洗面所で顔を洗い、歯も磨く。

アメリアも身だしなみが気になるお年頃のようで、足元で自分も綺麗にしてくれと訴えるように『クエクエ』と鳴いていた。

羽毛に、支給された鷹獅子《グリフォン》専用の櫛《くし》を通す。柑橘の香りがする精油はどうかと聞いてみれば、好きな匂いだと尻尾を振るので、水で薄めて全身に揉みこむようにして塗ってあげた。相性が良かったからか、羽はツヤツヤ輝き、獅子の部分も毛並みがよくなった。

オシャレな鷹獅子《グリフォン》の完成だ。

アメリアの食べた果物の皮とか、捨てないで乾燥させて取ってあるけれど、精油とか作れないかな～っと考えている。

前に一度、村の医術師の先生に作り方を聞いたことがあった。

蒸留釜に材料を入れ、下から水蒸気を当てる。成分が含まれた水蒸気を冷やし、水と分離させれば完成する。工程を聞いたら案外面倒だったので、一度も作ったことはなかったけれど。

蒸留釜などの専用の道具も必要になる。が、家庭では蒸し器でできると先生は言っていた。水蒸気を急速に冷やさなければならないので、雪や氷が必要になる。今くらいの寒さならば外に水を置いていたら、朝方には凍っているかもしれない。今度、試しに作ってみよう。
身支度が済んだら、アメリアの頭巾選び。柄などその日の気分で選ぶようで、どれがい
いか尋ねる。とは言っても、三種類しかないんだけれどね。
白地に黄色の花柄に、フリルが付いた無地の赤、緑と白の幾何学模様。本日は赤頭巾を
ご所望のようだった。外套を着込めば、準備は完了である。
「さて、出かけますか」
『クエ～～』
今日はカラリと晴れているので、大変気持ちが良い。王都の中央通りでは商人や観光客、
巡回騎士に、冒険者など、さまざまな人達とすれ違う。
鷹獅子《グリフォン》を連れているので、注目を浴びるのはいつものこと。
まずは商店街で、ザラさんの家に持って行く手土産を選ぶ。
食料品を販売する商店は、ちょうど開店時間だったよう。
パンの焼ける香ばしい匂いに、お菓子の甘い香りが漂っている。蜜をたっぷり絡めた豆
菓子は、外で炒っているようだ。前を通りかかれば、味見だと言われてアツアツの炒りた
てをもらった。

「あ、熱っ……！」

外側はキャラメリゼ状になっていてカリカリ。中の豆は炒ってあるからか、香ばしかった。どこか素朴な味がするお菓子である。

なんでも、二日前に出店したばかりのお店らしい。ならば、ザラさんも食べたことがないと思って、買うことにした。

お土産を買ったので、幻獣同伴ができる喫茶店で遅めの朝食を食べることにした。

そこは大通りの路地裏にある階段を上った先にある、隠れ家的な場所。

佇まいは赤煉瓦に、橙色の屋根。可愛らしいお店だ。

店に入り、幻獣保護局の許可証を提示する。店員さんは笑顔で奥の個室まで案内してくれた。貴賓席的な場所で飲食するようだ。

メニューは人間用と幻獣用が手渡される。

アメリアには、蜂蜜《ミエレ》を溶いたお湯を頼むことにした。

幻獣用のメニューは基本無料のようだ。それにしても、いったいどれだけ補助金を渡しているのやら。金持ちのすることはよくわからない。

人間用のメニューも普通の値段の半額以下だった。驚きの優遇ぶりだ。

どれにしようか悩む。ザラさんの家に行く時間も迫っているので、ゆっくり選んでいる暇はない。

卵サンド、瓜サンド、果物サンド、バタートーストにチーズトースト、野菜トースト。チョコレートパンケーキ、森林檎《メーラ》パンケーキ、蜂蜜《ミエレ》パンケーキ。

迷ったけれど、一番シンプルなバタートーストと珈琲《カフワ》に決めた。

窓の外からは美しい街並みと時計塔が見える。忙しなく歩く人達も。お店が高い位置にあるので、街を見下ろすことができるのだ。初めて見る上からの景色は新鮮だった。

しばらくすると、頼んだ物が運ばれてくる。蜂蜜湯は店員さんから受け取って、足元にいるアメリアへと渡した。

尻尾をびたん、びたんと床に打ち付けながら飲んでいる。喜んでいただけたようだ。

私もさっそくバタートーストを戴くことに。

長方形にカットされたトーストが二枚と、おまけにサラダが付いてきた。

パンは厚切りで、すでにバターは塗ってある。表面には切込みが入っていて、バターが染み込んでいるようだった。

一つ手に取って、頬張る。

噛めばじゅわっと、たっぷり塗られたバターの濃厚な味わいが口の中に広がる。分厚く切ってあるので、中のパンはふんわりもっちり。

珈琲《カフワ》を飲むのは実は初挑戦。ドキドキしながら一口。

………苦い！

これはそのままでは飲めないと思い、お砂糖と練乳を入れる。これでほどよい渋みになったけれど、う～む。大人の味だ。

と、じっくり味わっている暇はない。そろそろ約束の時間だ。

会計をして、店を出る。

階段を降り、商店街を抜け、中央街の住宅地へと向かう。

なんとか時間通りに、ザラさんの家に辿り着いた。

「アメリア。ザラさんの家には山猫《イルベス》がいます。仲良くしてくださいね」

『クエ?』

首を傾げている。山猫《イルベス》がわからないらしい。

「え～っと、ガルさんみたいにフワフワしていて、雪のように真っ白な毛で、にゃ～～っ て感じです」

『クエ?』

ダメだ。まったく伝わらない。実際に会ってもらうしかないだろう。

扉を叩く。すると、すぐに顔を出すザラさん。

「いらっしゃい、メルちゃん。アメリアも」

どうもどうもと会釈する。アメリアも片足を上げて『クエ～!』と鳴いた。挨拶ができたので、偉いと褒める。

山猫《イルベス》のご機嫌を伺おうとしたら、玄関の隙間からぬっと顔を出す白い猫さん。

『にゃん』

一声鳴いて目を細め、私とアメリアを交互に見ていた。

アメリアはさっと、私の背後に隠れる。

「アメリア。大丈夫ですよ。ザラさんの猫で、名前はブランシュです」

『ク、クエ？』

「怖くないです」

ザラさんも、ブランシュにアメリアを紹介していた。向こうは怖がる素振りは見せないどころか、興味津々とばかりにじっと見つめていた。

アメリアが一歩前に出てくる。

『クエ』

『にゃん』

挨拶をしているのだろうか。二匹は見つめ合っている。仲良くできるだろうか。

様子を見守っていたら、ブランシュは驚きの行動に出る。

ぺろんと、アメリアの嘴を舐めたのだ。その瞬間、ぶわりと羽毛を膨らませるアメリア。

びっくりしたのだろう。

ザラさんが「こら！」と叱ると、ブランシュは下がっていった。

「ごめんなさいね」

「いえ、平気かと」

アメリアは目を潤ませ、硬直していた。

大丈夫かと声をかければ、我に返ったよう。

『クエ～～』

涙目で訴えていた。舐められて驚いたと。

「はいはい。我慢したの、偉い、偉い」

そう言いながら、アメリアの頭を撫でた。

と、こんな感じで山猫のブランシュとの初顔合わせとなった。この先、仲良くできるのか、気になるところだ。

しばらく待つように言われ、玄関先で待つ。五分後、ザラさんは戻って来た。

「ごめんなさいね。ブランシュは二階にやったから、大丈夫だと思う」

「ありがとうございます」

悪い気もしたけれど、少しずつ慣れていけばいい。今日はとりあえず挨拶程度ということで。

おじゃましますと言い、中へと入る。

『クエクエ～』

アメリアもきちんとお邪魔しますと言っていた。

本日のザラさんは髪の毛を一本の三つ編みにして、胸の前へ垂らしている。

服装は灰色の詰襟の上着に、黒いズボン。

「今日も男装なんですね」

「ええ。最近はこちらのほうが楽で」

「なるほど」

たぶん、女装はザラさんの心の武装だったのかな、なんて。想像だけれど。

「変？」

「いいえ、素敵だと思います」

「そう。よかったわ」

その後、部屋に案内してもらう。相変わらず綺麗に整理整頓され、埃《ほこり》一つない掃除も行き届いた家だ。何かお香を焚いていたのか。お花の良い香りもする。

今日は居間に案内された。白い壁に真っ赤な絨毯《じゅうたん》。チョコレート色の机に白い長椅子。大きな暖炉には、薬缶《やかん》が吊り下げられていた。ふつふつと、沸騰寸前のような音を立てている。

「オシャレなお部屋ですね」

「ありがとう」

すべて中古の家具で、吟味を重ねて購入したらしい。テーブルクロスはザラさんの故郷の織物。青地に白の雪模様が織り込まれている。

ここでお土産を手渡す。味見につられて購入した、豆の蜜絡め。

「あら、これ、私の故郷のお菓子だわ」

「そうなんですね」

なんという偶然だろう。ザラさんは懐かしいと言って、目を細めていた。目が潤んで見えるのは、気のせいか。

薬缶がピ～ッと鳴る。どうやら沸騰したらしい。花の香りがするお茶を淹れてくれた。

お菓子を摘まみつつ、本題へと移る。

「そろそろ引っ越しをしようと思いまして」

「寮じゃ手狭でしょう」

「そうなんです」

以前、ザラさんの家に住むよう誘われたけれど、アメリアはこの家には住めない。なので、他を探す必要がある。

「実は、リヒテンベルガー侯爵家に養子に来ないかと、誘われていまして」

「それは――個人的な感情なんだけど、オススメできないわね」

「ええ、私も嫌です」

でも、アメリアの将来を考えれば、個人的なことも言ってられないのだ。

「だったら、うちのブランシュを預けている、エヴァハルト伯爵家の奥方に相談してみましょう」

「リーゼロッテのお祖母様ですね」

「ええ、でも気難しいお方で」

頭を抱えながら話す。人当たりが良いザラさんがここまで言う、エヴァハルト家の奥方様とはいったい……。

「次の休みに、訪問できるように先触れを出しておくけれど、いい？」

「はい、よろしくお願いいたします」

相談がいったん落着したところで、今から昼食を作ろうと誘われる。

「ごめんなさいね、なんか準備しようと思っていたんだけれど」

「いえいえ！」

お昼はどこかに食べに行けばいいかな～っと思っていた。でも、アメリアをあまり連れ回したくなかったので、正直に言えばとても助かる。

さっそく、例の綺麗な台所に移動。本日もぴかぴかだ。

「今日は、挽肉包みを作ろうと思っているの」

「うわ、おいしそうですね」

言わずもがな、ザラさんの故郷の郷土料理である。小麦粉で作った皮に挽肉を包んだ物を茹でて、スープに入れて食べる物らしい。

「まずは皮からね」

小麦粉に水、卵、塩を入れ、しっかりと混ぜ合わせる。生地がツヤツヤになれば、濡れ布巾に包んで三十分ほど放置。

「次は具を作りましょう」

デン！　と調理台の上に置かれたのは、猪豚《スース》の肉塊。どうやら包丁でみじん切りにするらしい。

「やっぱり、お肉の塊から挽肉作ったほうがおいしいですよね」

「あら、メルちゃんわかってる」

ザラさんはあっという間に、猪豚《スース》を挽肉にした。前も思ったけれど、料理に手慣れている。

「次は野菜ね」

すった玉葱《ルーク》と刻んだ玉葱《ルーク》、両方入れるらしい。

玉葱《ルーク》は切り刻むと涙が出てくる。

「涙が出てしまう現象、玉葱《ルーク》の細胞が壊れて、別の物質が発生するかららしいわ」

「そうなんですね」

「涙が出ないコツは、調理前に玉葱《ルーク》を冷やしておくこと。それから、良く切れるナイフを使うこと」

「ほうほう」

ザラさんは朝から玉葱《ルーク》を外に吊るしていたらしい。準備万端だったというわけだ。

というわけで、玉葱《ルーク》を切り刻む。けれど。

「…………うっ！」

「…………あら？」

なぜか涙目になる私とザラさん。

「ごめんなさい、メルちゃん。今日は、失敗したみたい」

「そ、そんな日もありますよ」

涙をほろほろと流しながら、玉葱《ルーク》のすりおろしとみじん切りを作った。

他に薬草ニンニクと塩胡椒を入れて、挽肉と一緒に混ぜ合わせ、味を調える。

そして皮作りに取りかかった。

生地を一口大に千切り、麺棒で平たくする。三十枚ほど作った。

その皮に、先ほど作った挽肉の種を包んでいくのだ。一口大の小さな挽肉包みが完成する。

包み終わったら茹でた。ぷわぷわと浮いてくれれば、茹で上がった状態なので掬い取る。

お湯を切ってお皿に盛りつけ、上から野菜の澄ましスープを注げば完成。

台所にある机で頂く。

アメリアには、家から持って来ていた果物を与えた。ブランシュは朝と夜しか食べないらしい。

「そういえば、前にブランシュのお食事代が結構かかるって言っていましたけれど、幻獣保護局から支援はないのですか？」

「私、記録とかの協力をしていないの。だから、ほとんど自己負担しなきゃいけなくて」

「そうだったのですね」

幻獣保護局の厚い支援を得るには、条件があったらしい。私みたいに毎日記録を提出していないと、保障対象外になるようだ。

「あの子の飼育費がかかるのは今に始まった話ではないし、手続きも面倒だから、いいかなって」

「なるほど」

皆、いろいろな事情を抱えているのだ。

「冷めないうちに食べましょう」

「はい」

こういう、小麦粉の皮を茹でた料理は初めてだ。果たして、どんな味がするのか。

匙で挽肉包みを掬い、一口で食べる。

「うわっ、熱っ……」

本日二度目のアツアツ。まったく学習能力がない。

舌で冷めたのを確認してから、皮を噛む。

「――！」

口の中がいっぱいなので、発言できないけれど、すごくおいしい!!

皮はほどよい厚さでモッチモチな食感。裂けた部分から肉汁がジュワ～と溢れ、旨みが広がっていく。

「メルちゃん、どう？」

玉葱《ルーク》はシャキシャキで、甘みがある。

「最高です！」

雪国料理は想像を絶するおいしさだった。

＊

帰り際、玄関に置いている水晶が目に付いた。手の平よりも少し小さい、群生状《クラスター》の物だ。

「これは――」

「ああ、それは魔力測定晶よ」

入隊時に医術師から魔力測定を受けていない人は魔力量の検査をする。これは、魔法研究所が作った発明品だとか。

ちなみに、私は医術師の先生の診断書があったので入隊時に行われる魔力検査は免除されていた。

魔法適正がない時は何も光らず、多少ある場合は黄色。そこそこある場合は緑。多い場合は青。

「確か、赤く光れば研究所送りだと言っていたわ」

「どういう意味ですか？」

「ありえない魔力量だから、観察対象になってしまうらしいの」

「うわ、恐ろしいですね」

ザラさんは入隊時、淡い黄色に光ったらしい。

「世界的に魔法使いは減少傾向でしょう？　だから、明るい黄色になれば連絡して欲しいって言われていて」

黄色が出たら、魔法の教育を受けなければならないとか。

「で、毎日調べるようにって、渡されたわけ」

「そうなんですね。でもこれ、高そうに見えます」

「某幻獣保護局と同じで、魔法研究所もお金持ちが支援しているらしいわ」

「そうなんですね」

ザラさんが手に取ると、仄《ほの》かに黄色く光る。

「魔法なんて、なくても生活できるのに、どうしてこう、固執する人が多いのでしょうね」

「……」

それについては、今もなお、なんともいえない状態でいる。いろいろと複雑なのだ。

玄関の花台に置けば、水晶はまた透明に戻る。

「あの、触ってもいいですか？」

「ええ、構わないわ。なんだったら、壊してもいいけれど」

「いやいや、そんなことは」

なんとなく綺麗だから触りたいだけであって、ザラさんみたいにほんのり黄色に染まらないかな～なんて下心はない。絶対に。

手のひらに水晶をちょこんと載せる。

表面のつるりとした手触りを堪能して、花台に置こうと思っていたら――あら？

「――あれ？」

「メルちゃん……嘘！」

じわじわと、発光しだす水晶。

黄色く染まったあと緑色に変化し、しだいに青くなる、そして……。

「メルちゃん、放して！」

「ひゃっ⁉」

水晶が赤くなるのと同時に、ヒビが入った。

ザラさんが私の手のひらにあった水晶を掴み、玄関の床に向かって投げる。地面に落ちた瞬間に、割れてバラバラに散った。

ザラさんは私を引き寄せ、破片が刺さらないように庇ってくれる。

「ザ、ザラさん、怪我は⁉」

「大丈夫。そこまで飛び散らなかったみたい」

ひとまずホッ。背後にいたアメリアも無事だったようだ。

「しかし、あれはいったい――」

私を抱いたまま、ザラさんは耳元で囁《ささや》く。

「さっき見たことは、誰にも言っちゃダメだから」

「さっきの、とは？」

「魔力量の赤」

いや、あれは見間違いだろう。そう言っても、ザラさんは首を横に振る。

「メルちゃんの村の医術師さんは、魔力なしと診察したみたいだけど、逆だったようね」

「いや、ありえないですよ」

「申し訳ないけれど、測定晶は正確だから」

「そ、そんな……！」

と、いうことは、私は魔力なしではなかったと？

ザラさんはコクリと頷く。

「な、なんだって〜〜！」

あまりのことに、そう叫ぶしかなかった。

心臓がバクバクと鳴っている。なぜ、どうしてと、村の医術師の先生に心の中で問いかける。

「ザラさん、どうしましょう、私……」

「大丈夫。大丈夫だから」

ザラさんは再度私を抱きしめて、赤子をあやすように背中を撫でてくれる。

ちょっともう、悔しさなのか、怒りなのか。よくわからない感情が、涙となって溢れてくる。

私の人生とは何だったのか。空しくなる。

でも、良かった。ザラさんは、私がどうだろうと、態度を変えることはない。それが、魔力があるとわかって、唯一嬉しいことだった。

泣いたらすっきりした。

再度居間に移動して、長椅子に座るように言われる。

長居するのは申し訳なかったけれど、ザラさんにそうしてほしいとお願いされた。

牛乳と砂糖たっぷりの紅茶を淹れてもらう。温かい物を口にすれば、ホッと安堵の息が出た。

まずは、いまだ混乱している頭の中を整理しようと思った。

「それにしても、医術師の先生は誤診をしたのでしょうか」

「違うと思うわ。きっと、魔力がないと言ったほうがいいと、その場で判断したのよ」

ザラさんは語る。魔力を持つ者の悲惨な人生を。

「その昔、雨風による災害や、深い雪、日照りによる干害など、自然災害が発生すると、神様や精霊に生《い》け贄《にえ》が捧げられたの」

選ばれるのは決まって、魔力を持つ子どもだったと。

神々や精霊は、生け贄の持つ多大な魔力と引き換えに、祝福を返したのだ。

「私の村では、そういう慣わしがあったわ。今は廃れていると願いたいけれど……」

それは、どこの地域にもある古い因習で、閉鎖的な場所ほど盲目的に信じられているという。

「メルちゃんは医術師の先生にいろいろ習ったようだけど、先生は村を出て行く時に引き止めなかったでしょう?」

「はい。達者で暮らせとしか言われませんでした」

「やっぱり、村には何かあったのよ」

「そう、なんでしょうね」

ふと、思い出す。医術師の先生は寿命が百年ほどのフォレ・エルフではなく、千年ほどのハイ・エルフだったような。

きっと、今までいろいろなものを見てきたのだろう。そのおかげで今の生活があるから、文句などはない。

村で魔力の有無や量を気にするのも、そういう儀式が絡んでいる可能性があった。

昔話を祖母から聞いたことがある。

五十年前に、フォレ・エルフの村の森が枯れかけたことがあったと。今は緑が豊かで、信じられない話だった。どういう風に枯れかけた森を再生させたのか、祖母は語らなかった。ただ、森の神様に毎日感謝をするように、言われたことは覚えている。

「魔力を重要視する婚姻は、森の神様に捧げる、魔力量が豊富な生け贄を絶やさぬためなのでしょうか?」

「……どうかしら。でも、魔力量は親から子への遺伝も大きいという研究結果もあったような気がするわ」

「う～～ん」

うだうだ考えても仕方がない。

魔力量のあれこれについては、医術師の先生に手紙で聞いてみようと思う。

両手で頬を打ち、気分を入れ替える。

「ザラさん、ありがとうございました」

「いいえ、私は何も。不安材料を作るきっかけになったみたいで、逆に申し訳ないわ」

「そんなことないですよ。私、自分のことを知ることができて、良かったです」

ずっと魔力がないことに対し、劣等感を抱いていたのだ。何をするにも自信がなくて、それを魔力がないせいだと決めつけていた。

「でも、私にも魔力はあったんです。馬鹿みたいですよね。上手くいかないことの理由にしたり、自分はダメだと決めつけたり、うじうじと悩んだりして」

魔力があっても、なくても、私は私なのだ。それが今日、わかった。大きな収穫だろう。

「だから、ザラさんには感謝をしています」

「メルちゃん……」

なんだか、心のモヤモヤが全部晴れたような気がする。

小難しいことは、あとで考えることにした。今日は帰ってゆっくり休もう。

「寮まで送るわ」

「はい、ありがとうございます」

せっかくの申し出なので、甘えることにした。

今まで何だか悪いからと、他人の好意にも遠慮ばかりしていたことに気付く。

誰かに何かをしたいという優しさを突き返していたなんて、失礼にもほどがあるだろう。

これまではこういうことに気付く余裕すら、なかったのかもしれない。

寮までの道を、ほとんど会話もなく歩いていく。

ザラさんとは「また明日」と挨拶を交わし、門で別れた。

夕刻を知らせる鐘が鳴り響く。アメリアに食事を与えたあと、私も食堂へ足を運ぶ。

アメリアは少しの時間ならば、お留守番ができるようになった。大勢の騎士がいる食堂を苦手に思っていることも理由の一つだけれど。

お引越しで食堂の場所が近くなった。今使っている部屋は、幹部用らしい。恐れ多くて震える。早く引越しをせねば。

そんなことを考えているうちに、食堂に到着。

本日は食堂のおばちゃんオススメの、若鳥の岩塩焼きに決めた。

「普通のパンと薄焼きパン、どちらにするかい？」

なんと、今日はパンが二種類あるらしい。薄焼きパンは、具をくるくると巻いて食べるみたいだ。なんか、前に雪山で山賊兄弟に似たような料理を作ったなと、思い出してしまった。

彼らは元気だろうか。騎士隊に連行されていたようだが。

いや、どうでもいいか。

せっかくなので、薄焼きパンに決めた。サラダとチーズ、野菜スープもセットに含まれていた。

まだ早い時間だからか、ほとんど人がいない中での食事となった。

神に祈りを捧げて食事を戴く。

「それ、野菜とかチーズとか、一緒に巻いたらおいしいのよ」

斜め前に座っていた騎士のお姉さんが教えてくれた。なるほど。

「そこの壺の中に入っているのがタレ。甘辛いの」

「ありがとうございます」

教えてもらった通り、薄焼きパンにナイフで切り分けた若鳥とサラダの野菜、チーズを入れ、上から甘辛タレをかけて巻いた。

大きな口を開けて食べる。

薄焼きパンはしっとり柔らか。ほんのり甘い生地だ。

若鳥の岩塩焼きはふっくら柔らかく焼かれており、塩気はちょうどいい感じ。野菜のシャキシャキ感とも相性抜群だ。甘辛いタレともよく合う。

あっという間に二枚分、食べてしまった。

斜め前の騎士のお姉さんは六枚も食べたとか。たくさん食べられることはいいことだ。私ももっと食べられるようになりたい。

お風呂に入ってから、部屋に戻る。

『クエクエ～～』

「ただいま戻りました」

帰って来るなり、アメリアが私の匂いをクンクンと嗅ぐ。

『クエ～～』

目付きが鋭くなる。「お風呂に入ってきましたね」と、尋問しているのだろう。「はい」としか答えようがない。

「アメリアは寮のお風呂は無理ですよ。お引越ししてからです」

『クエ～』

アメリアは「我、入浴できぬとは、遺憾なり」と言いたいのか。尻尾を鞭のようにしならせ、床に叩きつけている。

「う～ん、そうですねえ」

大きな桶を買って、暖炉を焚いた暖かい部屋ならば可能だろう。一人では難しいので、誰かの手も必要だ。

「そうだ！　アメリア、石鹸を作りましょう」

『クエ？』

果物の皮の活用法を思いついた。

まず、乾燥させていた柑橘類の皮を乳鉢ですり、粉末状にする。暖炉に鍋を吊るし、粉末の柑橘類を煮込んだ。鮮やかな橙色になった。

それを濾《こ》して、粉石鹸の中に入れて練る。完成した石鹸は、お菓子用に買っていた長方形の型に流し込んだ。たぶん、一週間くらい放置したら、綺麗に固まると思う。

石鹸の香りを嗅いで、尻尾を振るアメリア。気に入ってくれたようだ。

柑橘の皮は殺菌作用などがあったはず。食べれば綺麗になる果物とも呼ばれていた。

「これはアメリアの石鹸なので、お引越ししたら使いましょうね」

『クエ〜〜』

どうやらこれで納得してくれたようだ。それまで、体を拭くだけで我慢をしてほしい。

＊

今日は朝から、職場の簡易台所で塩猪豚の仕込みをする。

アメリアはリーゼロッテから貰ったゆりかごの中でご機嫌な様子だった。体を動かしたら、グラグラ揺れるのが面白いのだろう。

『クエッ、クエ〜〜』

後日、このゆりかごはリーゼロッテが幼少期に使っていたことが明らかになる。籐を丁寧に編んだ高級品に見えたので、そうではないかと思っていた。

アメリアは日々成長し、今は一メトルくらいか。ゆりかごより少し小さいくらいの寸法だ。きっと、数日のうちに入ることができなくなるだろう。

幻獣は親離れが早いからか、体の成長は早い。半年以内に成獣になるものがほとんどなんだとか。

アメリアも日々すくすく成長している。もう持ち上げることは難しい。甘えん坊なのは体が大きくなっても変わらず。ゆくゆくはすり寄ってくるのと同時に私の体が吹き飛んでしまうのではと戦々恐々としている。

アメリアにばかり気を取られていた。作業を始めなければ。猪豚《スース》の肉に塩と香草を揉み込む。木綿の布に包んで、しばらく漬けておかなければならない。

続いて、ビスケットでも焼こうか。そんなことを考えていると、声をかけられる。

「メル、いる？」

「はい？」

リーゼロッテがひょっこりと台所に顔を出す。

新しく第二部隊の仲間となったリーゼロッテ・リヒテンベルガー。

侯爵家の一人娘で、幻獣保護局の局員でもある。

お嬢様に騎士の仕事なんて務まるのかと思っていたけれど、彼女はドの付く根性と高い自尊心を武器に、辛い遠征任務をこなしている。

意外と適応力があるのか、食卓のない食事や地面に座って食べることも平気になっているようだ。

それでいいのかお嬢様。

しかし、リーゼロッテの戦力は正直ありがたい。遠方からの攻撃手段が増えたことは、みんなにとって嬉しいことだろう。これからも頑張ってほしい。

と、そんなことは置いておいて、いったい何の用事なのか？

「どうかしましたか？」

「ルードティンク隊長に、他の人の仕事を見学するように言われて」

「なるほど」

まず、私のところから見に来たらしい。

「何を作るの？」

「ビスケットです」

遠征先でもさっと出してさっと食べられるので、重宝している。保存可能期間はだいたい半月くらい。遠征は半月に一、二回はあるので、たくさん作っても問題ない。

今日は栄養たっぷりで食べ応えのある、穀物入りのビスケットを作ることにした。

ボウルに小麦粉、砂糖、重曹、炒った穀物を入れて混ぜる。これに、溶かしバターと卵黄、脱脂乳を加え、しっかり捏ねる。まとまった生地はしばらく寝かせる。

「メル、そういえばビスケットとクッキー、サブレの違いってあるのかしら？」

「ありますよ」

これは私の勝手な判断であるが、ビスケット、クッキー、サブレにはそれぞれ違いがある。

「まず、ビスケットは堅焼きにするんです」

保存性を高めるために、二回焼くのがビスケット。

「クッキーはビスケットよりもバターが多くて、ちょっと贅沢な食べ物です」

バターの量は全体の四割くらいか。森暮らしをしていた時は、滅多に食べることができなかった。

「サブレとはビスケットやクッキーよりも食感がサクサクなものをいいます」

サブレも高価なお菓子なので、あまり食べたことはない。バターがたくさん入っているので、保存食には向かないだろう。

「しかし、これらのお菓子の定義はあいまいみたいですね」

この前、王都のお菓子屋さんで「ビスケットください」と言ったら、パンみたいなお菓子を手渡された時には驚いたものだ。

「ふうん、そうなの。面白いわね」

当然ながら、リーゼロッテの家で出てくるのは、クッキーかサブレだろう。

「リーゼロッテは好きな料理とかあるんですか？」

貴族が食べているような料理を再現するのは難しいけれど、近いものならば作れるはずだ。

「そうね……家禽《かきん》よりも、野生の鳥のほうが好きだわ」

なんと。意外や意外。

「空を自由に飛んでいる鳥のほうが、肉質がいいの」

「そうなのですね。たまに、第二部隊でも野生の鳥の肉を食べますよ」

ここで、リーゼロッテの目がスッと細められる。

「な、何か？」

「いえ、魔物を食べているのではと思って」

「それはありえません！」

魔物なんか食べたら、お腹を壊してしまう。祖母も言っていた。どんなに飢えていても、魔物だけは食べてはならないと。

「それは、どうしてなの？」

「魔物は邪悪な存在であるので縁起が悪いということに加えて、体に多くの魔力が含まれているのです。短時間で大量の魔力を取り込むことになって、具合が悪くなるようで……」

「そうなの。初めて聞いたわ」

その昔、魔法使いが世界にたくさんいた時代は、『魔物喰い』なる存在がいたとか。

「魔物喰いをするのは悪い魔法使いで、忌み嫌われていたようです。なので、余計に魔物喰いは禁忌とされています」

「物語に出てくる悪い魔法使いって、決まって耳が尖っているわ」

「ウッ！」

「もしかしなくても、魔物喰いの正体って、エルフよね？」

そうなのだ。魔物喰いの多くはエルフ族だったらしい。どこのエルフか知らないけれど。

「エルフといってもいろんな種族がいますので」

「ふうん、そうなの。エルフって、フォレ・エルフの他にどんな人達がいるの？」

「私も詳しく把握していないのですが、十種族くらい存在するのではないでしょうか？」

森に住む我らがフォレ・エルフに、丘に住むヒル・エルフ、火山の麓に住むヴルカーンに、砂漠に住むエリモス・エルフなどなど。

一番有名なのは、長命で知識が豊富な『ハイ・エルフ』だろう。

「メルは短命種なのよね？」

「ええ、そうです」

短命と言っても、人と同じくらいの寿命である。

「よかったわ、メルも短命で」

「どうしてですか？」

「だって、私だけお婆さんになるのは悲しいじゃない」

リーゼロッテの発言に、目をパチクリと瞬《しばたた》く。

「どうしたの？」

「いや、えっと、なんでしょう、びっくりしたと言いますか」

まさか、こういう風に言ってくれる人がいるとは思ってもみなかった。

「わたくし達、お友達でしょう？」

「ええ、ですが、その、私でいいのですか？」

「メルとお話しするのは、毎回楽しいけれど？」

「それは光栄です」

もしや、アメリアの主人だから、特別に仲良くしてもらっているのか。そんな風に思ってしまう。

「まあ、私はアメリアの付属品と言いますか」

「そんなことないわ。アメリアがいなくても、メルと仲良くしたいのに。私、ここに来てから一度も話題に出していないでしょう？」

たしかに、リーゼロッテはアメリアを気にしていなかった。

「すみません。その、あまり、女性同士の付き合いに慣れていないといいますか」

フォレ・エルフの村に友達はいたけれど、忙しい毎日を過ごすなかでそこまで深い付き合いはできていなかったように思える。

「リーゼロッテ、友達……友達って、なんなのでしょうか？」

「一緒にいて楽しい相手のことでしょう？　そんなの、難しく考えると混乱するわ」

別に、友達だからと構える必要はないらしい。気軽に話したいことを話して、楽しむことが大事だとリーゼロッテは教えてくれる。

「そういうわけだから。メルはわたくしのお友達。わかって？」

「はい、よくわかりました」

そう答えると、リーゼロッテはにっこりと微笑む。

「よろしかったら、わたくしの家にも遊びに来て」

「そ、それは」

リーゼロッテの家に行くのはいいけれど、侯爵邸には怖いおじさんがいる。

「お父様は忙しいから、あまり家にはいないわ」

「本当ですか？」

「本当よ。この前会ったのは、一週間前だったかしら？」

「そうなのですね！」

だったら安心だ。いつか、お邪魔させていただこう。


そんな話をしているうちに、ビスケットの生地を寝かせる時間が終了したようだ。

型抜きをして焼き、粗熱を取ったあと再度焼く。

これで、『堅焼きビスケット』の完成だ。

「リーゼロッテ、一枚味見してみます？」

「ありがとう」

リーゼロッテは焼きたてのビスケットを齧る。硬かったのか、眉間にぎゅっと皺が寄っていた。

「すみません、硬かったですか？」

慌ててあとで飲もうと置いていたお茶を差し出した。リーゼロッテは険しい表情のままお茶を飲み、ごくんと呑み込む。

「――いいえ、大丈夫」

涙目で答えてくれた。

どうやら、少し焼き過ぎてしまったようだ。このビスケットは、男性陣用にしよう。

女性陣には、乾燥果物とかを入れて焼いてもおいしいかも。

しかし、頑固なのは父親譲りなのか。わかりやすいのでいいけれど。

「メル、どうしたの？」

「いえ、何でもないです」

リーゼロッテが何でも私に言えるように、もっともっと仲良くならなければ。

そうでないと、気の毒で……。


王都での初めての友達は、大変なお嬢様だった。

奴隷エルフと幻獣饅頭

爽やかな朝。本日もザラさんと出勤する。

「アメリア、大きくなったわねえ」

「本当に」

ついこの間までよちよち歩きだったアメリアだけど、今はズンズンと確かな足取りで歩いている。

大きさは一メトルちょっとくらいだろうか？

毎日果物を食べて、よく寝て、すくすくと育っていた。

『クエクエ！』

「良かったですね～」

「アメリア、なんて言ったの？」

「良い天気で気持ちがいいと」

「あら、幻獣も天気がいいと嬉しいのね。それにしても、私はブランシュの言っていること、ぜんぜんわからないから、羨ましいわ」

「そうなんですか⁉」

「そうなのよ」

驚きの事実である。

アメリアの言葉は、保護したばかりのころはまったくわからなかった。理解するようになったのは、契約を結んでからだろうか。

最初はなんとなくこんなことを言っている気がする、程度だった。けれど、最近はアメリアの『クエクエ』が脳内で翻訳されるように、言葉が理解できるのだ。

「幻獣の言葉が脳内で翻訳……不思議ね」

「そうですね。しかし、契約したらみんなわかるものだと思っていましたが」

「長年一緒に暮らしていたら、鳴き声や仕草でわかるようになるけれど、はっきりと言葉として理解しているわけではないから」

「なるほど」

幻獣の契約にはいくつか種類があるらしい。

「私とブランシュは血の契約だったから」

幻獣に契約者の血を飲ませ、契約を結ぶらしい。私の場合はアメリアと名付けたあと、契約が結ばれた。

「メルちゃんとアメリアの契約は、特別なのかもしれないわ」

「そう、なのでしょうか？」

「きっとそうよ。アメリア、メルちゃんのことをお母さんだと思っているし」

「いつの間にか、一児の母になっていたなんて」

王都にやって来て騎士になっただけでもびっくりなのに、その上幻獣のお母さんをすることになるとは。人生、何が起こるかわからないものである。


執務室で朝礼をする。本日も任務が入っているらしい。ルードティンク隊長が今日も山賊のような顔――じゃなくて、険しい顔で話し始める。

「どうやら、人身売買をしている組織がうろついているらしい。奴隷の競売も行われているようだが、会場や規模などは掴めていない」

ずっと、騎士隊で調査をしているものの、なかなか尻尾は掴めないのだとか。

「そこで、俺達にお鉢が回ってきたわけだが――」

どうやら、潜入調査をするようだ。

「とりあえず、港街に行く。そこで、諜報部が嗅ぎつけた怪しい人物に接触を図る」

諜報部とは騎士隊の少数精鋭部隊で、犯罪者の情報を探ることを得意としている人達らしい。その姿を見た者はいないようで、謎に包まれた一団なんだとか。

「それで――ベルリー、言え」

ルードティンク隊長は言いにくそうな顔をしたのちに、ベルリー副隊長に報告するように命じていた。

ベルリー副隊長はキリッとした表情で頷く。

「各々の隊員の役割を発表する。まず、一番重要な役どころから」

潜入調査をするようで、隊員一人一人に役割があるとのこと。ベルリー副隊長が発表する。

「囚われた奴隷エルフと幻獣鷹獅子《グリフォン》役――メル・リスリス、アメリア」

「ええ～～！」

想定外の大抜擢に思わず叫んでしまった。アメリアも嘴をパカッと開いて、驚いた顔をしている。

「あ、あの、もしかして、私とアメリアを人身売買の材料にするんですか？」

「……すまない」

ベルリー副隊長は悲痛な表情を浮かべ、謝ってくる。

「あの、任務が失敗して、そのまま売り払われてしまうとか、ないですよね？」

「ああ、その辺は大丈夫だ。そのために、リヒテンベルガー魔法兵に役割を頼むことになる」

「あら、わたくしも役割があるの？」

ここで、リーゼロッテの役割が発表される。

「成金貴族令嬢役——リーゼロッテ・リヒテンベルガー」

奴隷競売に参加する金持ち貴族役らしい。貴族側の探りを入れる重要な役割だとか。

しかし、本物の貴族であるリーゼロッテにこんなことをさせるなんて……。

リーゼロッテは引きこもり貴族で社交の場に出たことがない。顔バレの心配もないので大抜擢されたらしい。

なんて気の毒な。まあ、私の奴隷エルフ役より遥かにマシだけど。

リーゼロッテは不服そうな表情を浮かべていたが、ルードティンク隊長が「任務だ」と言うと悔しそうにしながらも、口を噤《つぐ》み何も言うことはなかった。

「次、成金貴族令嬢のお付き役——ガル・ガル」

お、ガルさんは従者役か。礼服姿、カッコイイんだろうなあ。

「続いて、奴隷商の腰巾着役——ジュン・ウルガス」

「はい。頑張ります」

ウルガスは私やリーゼロッテより比較的まともな役だった。本人もやる気を見せている。

「奴隷商の護衛剣士役——ザラ・アート」

ザラさんは美人過ぎるので、頭部は兜《かぶと》で隠すらしい。潜入調査なので、目立ってはいけないのだ。

「私は、傭兵役をする」

ベルリー副隊長は港町でよくぶらついている、流れの傭兵に扮するようだ。

「最後に――」

残る役割と隊員は一人しかいない。ベルリー副隊長の言葉を、唇を噛みしめて待った。

「奴隷商役――ルードティンク隊長」

発表された瞬間、シンと静まり返る。

奥歯を噛みしめぐっと堪えていたのに、ウルガスがすぐに笑うものだから私も噴き出してしまった。

ルードティンク隊長は自分が奴隷商役をすることを言いたくなかったので、ベルリー副隊長に報告を頼んだのだろう。

しかし、納得の配役である。ルードティンク隊長以外に、奴隷商役をこなせる人はいないだろう。

「衣装も用意してある。各自、着用して騎士隊の裏口に集合するように」

私には『奴隷エルフ用衣装』が手渡された。いったい、どんな恰好をさせられるのか、まったく想像できない。

更衣室に移動する。

「何よ、これ！」

まず、衣装袋の中に入っていた服を見たリーゼロッテが叫んだ。

お姫様みたいなドレスが入っているが、いったいどうしたのか？

「こんな時代遅れで安っぽい縫製のドレス、貴族は着ないわ」

なるほど。私には貴族のドレスにしか見えないけれど、貴族であるリーゼロッテには安物のドレスにしか見えないようだ。

ベルリー副隊長いわく、「おそらく、貸し衣装屋から借りてきたものだろう」とのこと。

しかも夜用のドレスではなく、昼用のものだとか。

「昼用のドレスは首元が詰まっていて、夜のドレスは胸元が開いているのよ」

「へえ、そうなんですねえ」

リーゼロッテはふんと鼻を鳴らし、ドレスを睨む。

「こんなドレスなんか着ていったら、潜入していることがバレてしまうのに」

「ですね。どうするんですか？」

「家に連絡して、私物のドレスを持って来てもらうわ。どうせ、競売会場についてはまだわかっていないようだし、わたくしの出番はまだでしょう？」

リーゼロッテ、さすがだ。彼女以外、成金貴族令嬢役は務まらなかっただろう。

と、お喋りをしている場合ではない。ベルリー副隊長はすでに着替えを終わっていた。

「わ……！」

全身黒尽くめの恰好に革の鎧《よろい》、黒いマント姿の傭兵と化していた。

「ベルリー副隊長、よくお似合いで」

「ありがとう」

私も奴隷エルフの恰好にならなければ。袋から衣装を取り出したが――。

「え⁉」

中から出てきたのは、ボロボロの薄汚れたワンピース。ところどころ破けていて、スカートの丈が短い。

「な、なんですか、これは」

「一般的な、奴隷用の衣装らしい」

なんだその、一般的な奴隷の衣装とは。もちろん、諜報部の勝手な想像だろうけれど。

「な、なんて、恥ずかしい恰好を……」

「すまない、リスリス衛生兵」

ベルリー副隊長は申し訳なさそうな表情を浮かべながら、白目を剥きそうになっている私の手を両手で掴んで言った。

「責任は取るから」

何をどう責任取ってくれるのかわからないけれど、これも任務だと言い聞かせる。

中にはボロのワンピースだけでなく、煤《すす》の入った革袋もあった。説明書が入っており、

『奴隷エルフらしさを表現するため、煤を付けてほしい。可能であれば幻獣も』とのこと。

「こ、これは……」

「リスリス衛生兵、無理しなくていい」

「いえ、やらせていただきます」

私もリーゼロッテのように、気合いを入れて役に入り込まなければならない。

鏡をみながら、頬や首筋、足などに煤を付けていく。

そんな私に、アメリアが声をかけてきた。

『クエクエ？』

「え⁉」

なんと、アメリアも煤を付けるというのだ。

「でも、なんか悪いですし」

『クエ、クエクエ』

「アメリア……」

自分だけ綺麗だったら怪しまれる。任務遂行のため、協力してくれると。

「ありがとうございます、アメリア」

『クエクエ！』

私は十分小汚くなったので、今度はアメリアに煤を付けていく。

額や頬、嘴、翼……。

「うっ、アメリア、すみません」

『クエクエ～』

本人は「別にいいのよ～」と言っているけれど、かなり居た堪れない。

「かならず、責任は取ります」

何をどう責任取るかはわからないけれどベルリー副隊長同様、口にしてしまった。

アメリアも協力してくれたので、もっともっと頑張らなければならない。

髪を解き、裸足になる。これで、奴隷エルフっぽくなっただろう。

最後に、鎖の付いた鉄の首輪を付けた。

「ベルリー副隊長、どうですか？」

「ああ……すまない」

奴隷エルフになりきっているか質問したのに、謝られてしまった。それだけ、役になりきれているということだろう。

……まあ、良しとする。

準備が整ったので、外に出る。私は露出度が高いため、ベルリー副隊長がマントを体に

巻き付けてくれた。

集合場所の裏口には、怪しい面々がいた。

足元まで覆う長い外套に頭巾を被った、奴隷商の腰巾着役のウルガスに、凹んだ鎧と兜を装着したザラさん。執事っぽい燕尾服を纏ったカッコイイガルさんに、それから——髭面の奴隷商の男がいた。

付け髭だろうか？　茶色い長カツラを被り、長い髭を蓄え、黒い外套姿のルードティンク隊長であった。どこからどう見ても、堅気ではなく強面の奴隷商にしか見えない。

「ルードティンク隊長、奴隷商の恰好がすっごくお似合いです」

「うるさい！」

ここでまたウルガスが噴き出してしまったので、私もつられて笑った。二人揃って怒られたのは言うまでもない。しかし、他の人はどうして我慢できるのか。不思議である。

「よし、行くぞ！」

移動は馬車。御者は変装した騎士隊の人らしい。移動を開始する。

馬車の中では腕を組んで険しい表情でいる奴隷商《ルードティンク隊長》に、爪の手入れをしている奴隷商の護衛《ザラさん》、匙が転がってもおかしい年頃の腰巾着役《ウルガス》は、まだ笑いを堪えているようだった。お付き役《ガルさん》は落ち着いているもので、背筋をピンと伸ばして座っていた。敏腕執事のようだった。

成金貴族令嬢《リーゼロッテ》は用意されたドレスを、不服そうに着こなしている。夜用ドレスは、リヒテンベルガー侯爵家の使用人が港街まで持って来てくれることになっているとか。

ベルリー副隊長は剣を杖のようにして床に突き立て、真剣な面持ちでいた。

私は裸足なので、椅子の上に三角座りになっている。

アメリアは果物を食べるのに夢中だ。私の視線に気付いたのか、顔を上げる。

『クエクエ！』

「そう、良かったですね」

煤で汚れた顔で、「果物おいしい！」と話しかけてくる。その様子を見ていたら、なんだか泣けてきた。

「アメリア、任務が終わったら、綺麗にしてあげますからね！」

『クエ〜〜』

一緒に作ったいい匂いのする石鹸を使って洗ってあげよう。寮の風呂場は使えないので、リーゼロッテにお願いしたら、屋敷の広い浴室を貸してくれるだろうか。任務が終わったら聞いてみなければ。

途中で昼休憩を挟む。森の中にある湖で馬を休ませて、ちょっとした昼食を取ることにした。ウルガスが兵糧食を準備してくれていたようだ。

「あ、これは――」

湖畔に倒れていた木に、半円形で肉厚なキノコがたくさん生えていた。

「メル、それは?」

リーゼロッテが質問してくる。

「これはカタハ茸です」

皮を剥いて食べるので、剥きキノコとも呼ばれている。これを使ってスープを作ることにした。

「メルちゃん、手伝いましょうか?」

「ザラさん、ありがとうございます。助かります」

調理はザラさんが手伝ってくれた。

まず、石を積み上げて簡易かまどを作り、火を熾こす。鍋を置き、水を張って温めた。

「カタハ茸の皮剥きをお願いできますか?」

「わかったわ」

カタハ茸の旬は秋。旬であったらそのまま食べても大丈夫だけど、今は春先なので若干皮に渋みがある。よって、ザラさんに皮を剥くようお願いした。

「わ、すごいわ」

カタハ茸の皮はツルリと剥ける。中から白い身が出てくるのだ。

私はスープの下ごしらえをする。出汁代わりの燻製肉、乾燥野菜、香辛料を入れて、ぐつぐつ煮込んだ。

最後に、ザラさんが剥いてくれたカタハ茸を刻んで入れて、もうひと煮立ち。キノコに火が通ったら、『カタハ茸のスープ』の完成だ。

みんなを鍋の周りに集め、食事の時間とする。パンとビスケットも用意した。

——神様に祈りを捧げ、いただきます。

まずはスープだけを一口。キノコの旨みが余すことなく、スープに溶け込んでいる。

続いて、カタハ茸を食べた。表面はうっすらゼラチン質で、つるんとした舌触りだ。

「ウッ……おいしい！」

旬ではないけれど、渋みはないし、しっかりキノコの味がする。

「リーゼロッテ、どうですか？」

「驚いたわ。おいしい」

その辺に生えていたキノコなので、疑いの視線を向けていたようだ。

「このキノコ、面白い食感ね」

「市場に並ぶことはないですが、おいしいキノコなんですよ」

「勉強になったわ」

リーゼロッテのお口に合ったようで、何よりである。他の人も、おいしいと言ってくれた。

　他部隊から派遣された、御者役の騎士のお兄さんがスープを食べながら呟く。

「第二部隊は、毎回こんなおいしい食事を食べているのか……」

　いったいどんな兵糧食を食べているのか。聞いてみたら、他の遠征部隊の侘《わび》しい食事事情が発覚した。

「硬いビスケットに、粉っぽいチョコレート、パサパサのチーズ。こんなもんですよ」

　持ち運びの良さ、多少乱暴に扱ってもへこたれない屈強な食材が選ばれているらしい。

　私達の食べている料理は、遠征先ではご馳走に分類されると言ってくれた。

「ぜひとも、レシピを配ってほしいところですが、食材の調達や、大人数向けの調理など、難しかったりするのでしょうね」

　少数部隊の第二部隊だからこそ、可能なのだろうと評される。

「本当に、羨ましいです」

　なんだかしんみりとした雰囲気になった。

　気分を入れ替えて、港街を目指して出発する。一時間ほどで到着した。

　まずは諜報部と情報のやりとりをするらしい。指定された宿屋に移動する。

　通された部屋にはぽっちゃりとした、どこにでもいそうな商人風の男がいる。年頃は四十歳くらいか。

「お待ちしておりました、第二部隊の皆さん！」

手揉みしながら近付く様子は、商人そのものであった。この人が、諜報部の騎士なのか？

「初めまして。わたくしめは、第二諜報部のイジル・マーティと申します」

やはり、このおじさんが諜報部の騎士のようだ。まったく騎士らしくない。なんでも、騎士の制服には一度も袖を通したことがないそうだ。

「わたくし共は、この変装した姿こそが、正装になりますので」

「なるほどな」

ルードティンク隊長は相槌を打ちつつ、勧められた長椅子にどっかりと腰かけていた。私達は背後に並んで話を聞く。

「それで？」

「はい。一時間後に到着する船に、奴隷がたんまり乗せられて来るようです。皆さんには、そこの主催者と接触していただきたいと」

ここで、イジル諜報員の視線が私達に向けられる。

「それにしても、素敵なエルフのお嬢さんがいて、良かったです。きっと、奴隷商も食いつくことでしょう」

その昔、人身売買が当たり前のように蔓延《はびこ》っていたころ、エルフは一番の人気商品だったとか。

奴隷商が取り締まられている今、エルフを手に入れることは難しいとのこと。

「良い奴隷エルフです」

「……どうも」

複雑な気分となる。心の中で「ルードティンク隊長、先ほどは笑ってごめんなさい」と謝った。

「もしも話しかけられた場合は、片言の喋りでもいいかもしれません」

「なるべく、そうなるように頑張ります」

「それから、怯えるような表情ができると、なおさらいいですね！」

「はい……」

細かな指導まで受けてしまった。ただ、演技力には期待しないでほしい。

「では、船の到着までさほど時間はありません。準備しましょう」

とりあえず、リーゼロッテとガルさんは宿で待機。私とアメリアは、鉄格子の箱に入れられて、出荷されるようだ。それを運ぶのは、ルードティンク隊長、ウルガス、ザラさんの奴隷商組。ベルリー副隊長は周囲を歩き回り、もしもの時のために警戒してくれるようだ。

さっそく、私とアメリアは宿の裏に用意されていた鉄格子の箱に収容された。中は案外広い。

「アメリア、ちょっとの間、我慢していてね」

『クエ～』

扉は閉められ、ガチャンと鍵で閉めて、上から布がかけられる。なかなか本格的だった。

「リスリス、持ち上げるぞ」

「あ、はい、どうぞ」

アメリアを抱きしめ、衝撃に備える。ふわりと鉄格子の箱が持ち上がった。荷車に乗せられたが、丁寧に扱ってくれたようで、物音すらしなかった。それから街の中を運ばれる間、アメリアと身を寄せ合って作戦開始を待った。

荷車が止まる。潮の匂いが強くなった。どうやら、船の前に辿り着いたようだ。

「アメリア、大丈夫ですか？　辛くないです？」

『クエ！』

平気らしい。強い子だ。私は奴隷エルフ役がきちんと務まるのか、ドキドキハラハラしている。

乗客が降りてきたのか、辺りは賑やかになった。同時に、新聞や果物を売る商人が現れたようで、威勢のいいかけ声が聞こえてきた。

「王都名物、幻獣饅頭はいかがかな～。人気の竜、山猫《イルベス》、鷹獅子《グリフォン》の三種類あるよ～」

なんだか、気になるものを売っている。幻獣饅頭とはいったい……?

「すみません、四つください」

ウルガスの声が聞こえた。どうやら、幻獣饅頭を買っているようだ。

「絵柄はどれにしますか?」

「鷹獅子《グリフォン》を四つで」

「まいど!」

布が捲り上げられ、幻獣饅頭が差し出される。

「リスリス衛生兵、どうぞ」

「わ、ありがとうございます!」

まさか、私の分もあるなんて。嬉しい。

蒸したてなのか、ホカホカだ。ふわりと、甘い香りも漂う。

紙袋には幻獣保護局のマークが入っていた。饅頭の収益の一部を、幻獣保護に使う旨も書かれている。

なるほど。これは幻獣保護局の活動のようだ。

紙袋から取り出すと、饅頭の表面に可愛らしい鷹獅子《グリフォン》の絵の焼き印が押されていた。とてもおいしそうだ。

私だけ食べるのはなんだか悪いので、アメリアにはポケットに入れていた乾燥果物を与える。

「では、いただきましょう」

「クエ！」

まずは半分に割る。中に入っているのは、黄色の餡。これはいったい何なのか。匂いだけではわからない。

とりあえず、食べてみることに。

「む……、あ！」

これは――山栗《ルマロン》の餡だ！

ホクホクしていて、上品な甘さがある。舌触りもなめらかで、王都名物を謳《うた》うだけあった。生地もふかふかでおいしい。他の味も気になるところだ。今度、リーゼロッテに聞いてみよう。

残りの半分はあとで食べよう。そう思って、ワンピースのポケットに入れておく。

ここで再度、ウルガスが鉄格子の箱に被せられた布を捲って顔を覗かせた。

「すみません、例の人物が下船してきたようです」

「了解です」

とうとう、任務が始まるようだ。バクバクと鼓動する心臓を押さえる。

突然、荷車が動き出した。私はつい、アメリアの体をぎゅっと抱きしめてしまう。

『クエクエ～』

アメリアより「大丈夫だからね！」と励ましてもらう。なんて強い子なのか……。

つい最近まで、クエクエと夜泣きしていた鷹獅子《グリフォン》とは思えない。

「ナンダ、お前？」

会話が聞こえる。ルードティンク隊長は奴隷商と接触を開始したようだ。

「ン、エルフ、ダト？」

奴隷商は片言の喋りだった。どうやら異国人のようだ。

「どこで、エルフ、捕まえた？」

「王都で。たまにいるんだよ。ふらりとやって来るエルフが」

「なるホド。間抜けなエルフだな」

なんだと～～。しかし、言葉はわからない設定なので、憤《いきどお》ってはいけない。

「他に仲間、イタカ？」

「いや、わからん。こいつは単体で行動していたようだ」

「ふ～ん。このエルフ、可愛いか？　それとも美人か？」

「……」

返す言葉が見つからなかったのか、押し黙るルードティンク隊長。ここは嘘でも、可愛いと言ってほしかった。まことに遺憾である。

「エルフはエルフでも、不細工なエルフは売れないヨ！」

そう言いながら、奴隷商は鉄格子の箱にかかった布を捲る。

太陽の光が差し込んで、私は目を細めた。

奴隷商の男は髪を剃った頭に褐色の肌、ぎょろりとした目に大きな鼻と唇。それから、がっしりした体型だった。

「ヒッ！」

ルードティンク隊長と二人、強面の男達が私を覗き込んでくる。怖すぎて、悲鳴を上げそうになった。

「ナンダ、カワイイじゃないか。はは、怯えているな」

「気に入ったか？」

「ああ。大人しくて従順そうダシ、良い奴隷エルフだ」

え、意外と評価高い？

私の演技力のおかげか、奴隷商の食いつきは良かった。

取引をするため、移動をする。しばらく荷車は運ばれていった。

「――ここの地下を使ってイル」

「なるほどな」

扉が開かれると、ガヤガヤと騒がしい声が聞こえてきた。むっと、酒の匂いも感じる。

もしかして、ここは港街の酒場なのか。

ここは古くから営業している老舗の酒場だと、以前聞いたことがあった。まさか、奴隷商と繋がっていたなんて……。

地下に行くためか、鉄格子の箱は持ち上げられた。

「よいしょ、よいしょ……」

「ジュン、大丈夫？」

「はい」

運んでいるのは、ウルガスとザラさんみたい。重くてすみませんと言いそうになるが、ぐっと我慢した。

地下に辿り着いてすぐに、取引が開始される。

「エルフは、金貨十枚でドウだ？」

「言葉を少し教えてある。苦労したから、二十枚は欲しい」

「ウウム……」

「あっちの方向もしっかり仕込んである」

「ナント！」

あっちの方向って、どっちの方向なんだよ。疑問に思ったが、たぶん、訊かないほうが幸せなような気がした。

奴隷商は私の顔を覗き込んできた。

「ソウか～～、お前、カワイイ顔をして～～」

デレデレとした顔を近付ける。またしても、悲鳴を上げそうになった。

アメリアの体を、さらにぎゅっと抱きしめる。

「アレ、この鳥は？」

「幻獣、鷹獅子《グリフォン》だ。別料金になる」

「エ？」

「大人しい上に賢く、美しい。世界的に珍しい幻獣で、金貨六十枚は付けたい」

ええ～～!!　と叫びそうになった。

私よりもアメリアのほうが高いし、美しいとか褒めちぎっているし。

「鷹獅子《グリフォン》は馬より大きくなる。空も飛べるし、幼少期から飼っていたら懐くだろう」

「幻獣、ネエ……」

『クエエ～』

奴隷商と目が合ったアメリアは、小声で鳴く。とても従順そうな鷹獅子《グリフォン》だ。演技力がすごい。

たしかに、全身真っ白で綺麗だし、可愛い上に賢い。これは高値が付くわけだ。

「個体数はエルフより少ない。稀少生物だ」

「確かに……イイかもしれない」

最終的に、私は金貨十六枚（値切られた！）、アメリアは金貨六十五枚（値上がりしている！）になった。

すぐにお金は用意された模様。

「そういや、競売に参加したい知り合いがいて」

「あ～、ごめんなさいネ。最近、騎士隊がいろいろ嗅ぎつけてイテ、新規のお客サン、入れないんだよ」

「とっておきの成金貴族なんだが」

「成金……」

「社交界にもコネがあるから、もしも騎士隊に捕まっても、すぐ出られるかもしれん」

「なるほど……コネがある、と」

「奴隷を二、三人欲しいと言っていた。詳しい家名は言えないが、大貴族だ」

「ウウム……」

ルードティンク隊長がいい感じに揺さぶってくれている。

「金融関係の相談にも乗れるだろう。裏社会にも通じているから、人脈も広がるし」

どんどん、リーゼロッテ扮する成金貴族令嬢の設定が増えていく。大丈夫なのか、これは。そんなうまい話があるわけないのに。

ちょっと盛り過ぎではないか。そんな心配をしていたが――。

「わかった。その人と、一回会オウ」

だ、大丈夫なのか。中身は本物の貴族令嬢だから大丈夫だろうけれど……。

ここで、私は部屋の隅に持っていかれる。売約済みとなってしまった。

周囲から、人の気配を感じる。すんすんと、泣く声も聞こえた。一人、私の隣に誰かいるようだ。

もしかしなくても、奴隷商に買い取られてしまった人だろう。可哀想に。

ルードティンク隊長は引き上げるようだ。声がだんだん遠くなる。バタンと、扉が閉まる音が聞こえた。

「ウフフ～～、エルフちゃ～～ん」

なんか来た。ぞわっと悪寒が走る。布は取り外され、強面の奴隷商が顔を覗かせる。

「どれどれ、姿をよく見セテ」

鉄格子の隙間から、手を伸ばす。だが、奴隷商との間にアメリアが飛び出していった。

『クエエエエ!!』

翼を広げ、威嚇している。

「な、ナンダ、これ！　さっきまで、大人しカッタのに！」

奴隷商を噛もうとしていたら、手が引っ込んだ。

「ま、まあ、イイ。競売の時ハ、大人しくシテイロヨ」

『クエエエエ！』

アメリアが音を立てて鉄格子の前に近付いたら、奴隷商はビビッてあとずさる。

またあとで来ると、言葉を残していなくなった。

とりあえず、危機は去った、のかな？

奴隷商は鉄格子の箱の布を外したまま出ていったようだ。周囲の様子を見る。

薄暗い部屋の隅に、角灯《ランタン》がぽつんとあって、辺りを照らしていた。円卓がいくつかあり、椅子もまばらに置かれている。

前方は舞台のように一段高くなっていた。あそこで競売が行われているのだろうか？

隣には、私同様に、鉄格子の箱に入れられた人がいる模様。

小さな泣き声から察するに、少女だろう。

心配なので、声をかけてみた。

「あの……」

「ヒッ！」

驚かせてしまったようだ。なるべく、優しい声で話しかける。

「私、メルといいます。あなたは？」

返事の代わりに、ぐうう……と、お腹の音が聞こえた。どうやら空腹のようだ。先ほど残していた幻獣饅頭をあげることにした。

手を伸ばして、布を捲る。すると、ビクリと体を震え上がらせている少女の姿が見えた。

年頃は私よりも一つか二つ下くらいか。褐色の肌に、白銀の髪と、この辺りでは見かけない容姿だった。それだけではない。頭から、ぴょこんと大きな耳が生えていた。背後には、ふかふかの尻尾がある。

何と驚いたことに、少女は狐獣人であった。琥珀色のパッチリとした目を、私に向けている。なかなかの美少女だった。

連れて来られたばかりなのか、服は綺麗だった。私の薄汚れた役作りはやりすぎているのではと思ってしまう。そんなことはいいとして。

幻獣饅頭を差し出すと、耳がピクンと動いた。

「これ、よかったらどうぞ」

「……」

「おいしいですよ？」

鉄格子に限界まで近付き、手を伸ばした。狐耳の美少女は饅頭に恐る恐る近付き、匂いを嗅いでいる。

匂いでおいしいものだとわかったからか、目を見開いていた。

「……××××、××××？」

何か話しかけられたが、異国語だろうか？　まったく聞き取れない。

「どうぞ、どうぞ、召し上がってください」

空いている手で丸を作り、意思を伝えた。やっとのことで、受け取ってもらう。

一口食べたら、ポロポロと涙を流していた。よほど、お腹が空いていたのか。

『クエクエ～』

アメリアも可哀想に思ったのか、自分の乾燥果物を与えてほしいと言い出した。なんていい子なのか。願いを叶え、乾燥果物を狐耳の美少女に差し出す。

「これも、どうぞ」

幻獣保護局から支給された高級果物である。おいしいに決まっている。今度はすぐに受け取ってくれた。

「××、××！」

おいしかったようで、暗かった表情が明るくなった。

「×××！」

きっと、お礼を言っているのだろう。良かった、元気になって。

それから、何やら一生懸命話しかけてくれる。

「××××、シャルロット」

「ん？」

「シャルロット、シャルロット」

自分を指差し、シャルロットと言っている。もしかして、名前が『シャルロット』なのか？

「私はメルです。メル」

私も自らを指差して、メルだと主張してみた。

「メル！　×××！」

再度お礼を言ってくれているようだ。私も会釈を返した。そのあと、アメリアについてもふれてくる。

「メル、××、アメリア、×××××！」

う～～む。言葉は通じないのが、もどかしい。なんとなくだけど、可愛いねとか、そんな感じの言葉を喋っているような気がしなくもないが……。

そうこうしていると、再度扉が開かれる。シャルロットはびっくりして鉄格子の布を下ろし、ザザッとあとずさるような音が聞こえた。

やって来たのは先ほどの奴隷商だった。

よほど怖い目にあったのか。本当に、気の毒だ。

奴隷商がこちらをちらりと見たら、アメリアが私の前にやって来て翼を広げる。

『クエエエ……』

軽く威嚇するのも忘れない。さすがだ。

「少し、静かにしてオケ。客が来ル」

どうやら、成金貴族令嬢リーゼロッテの出番がやって来るらしい。どうなるのか、ドキドキだ。

五分後、地下の競売会場の扉が開かれる。やって来たのは、赤の煌《きら》びやかなドレスに身を包んだリーゼロッテ。蝶の仮面を付けている。

「ごきげんよう」

「いらっしゃいマセ！　蝶の貴婦人様！」

どうやら、蝶の貴婦人と名乗っているらしい。あの堂々たる佇まいは、さすがだなと思った。

「ささ、蝶の旦那様モ」

旦那様とな？

一瞬ガルさん扮する付き人のことかと思ったが違った。もう一人、蝶の仮面を被った人物が入って来る。

すらりと背が高く、リーゼロッテと同じ紫の髪を持つ男性。

あ、あれは、リヒテンベルガー侯爵様⁉

まさか、リーゼロッテのお父さんまで巻き込んでいるなんて。もしかして、ドレスは侯爵様が持って来たのか。

最後に、ガルさんが入って来た。

「ドウゾ、ドウゾお座りにナッテ」

リヒテンベルガー親子はどっかりと長椅子に腰かける。いつもより、態度がでかい。成金貴族になりきっているようだ。奴隷商はすっかり腰が低くなっていた。それもわかる。こう、ひれ伏したくなるような雰囲気があったのだ。

「先ほど、仲介の男より珍しい生き物を入荷したと聞いたが？」

侯爵様の低い声が、部屋に響く。鳥肌が立つような、凄みのある声色であった。

「え、エエ、あちらの、エルフとか――あと、狐獣人を入荷しておりマス。他ニモ、夜になったら、数名、追加される予定デス」

「なるほどな」

奴隷商は商品の説明を丁寧にしていた。かなりの数の奴隷を入荷しているようだ。

それから、金融対策についてや裏社会について侯爵様の口から語られる。リーゼロッテは隣に座って優雅に頷くばかりだ。

奴隷商は疑いもせずに、嬉しそうに話を聞いていた。

それにしても侯爵様とリーゼロッテは、どこからどう見ても自信過剰で尊大な成金貴族にしか見えない。このなりきり親子、すごすぎる！

ぴったりの配役を受けてくれたようだ。

最後に大絶賛販売中の、奴隷エルフたる私を見にくるようだ。

「こちらは大変珍シイ鷹獅子《グリフォン》でシテ！」

こいつ、私よりもアメリアを勧めて……！　いや、アメリアが可愛くて、賢いから見せびらかしたいのはわかるけれど。

侯爵様は覗き込んでくる。

「ほう、鷹獅子《グリフォン》か」

アメリアは侯爵様に苦手意識があるからか、後退していった。

「ねえ、このエルフは？」

「おまけでございマス。コノ鷹獅子《グリフォン》によく懐いておりますノデ。言葉もホドホドに解し、それなりにお喋リデキマスヨ」

いつの間にか、私はアメリアに懐いているエルフという設定になっていた。ぐぬぬ……。

リーゼロッテが急に咳き込む。きっと、笑うのを我慢したのだろう。

奴隷商にバレていないからいいけれど。

「こちらの鷹獅子《グリフォン》、金貨百五十枚からのスタートになります」

「そうか……楽しみにしている」

「ねえ、こっちは？」

リーゼロッテが指差したのは、シャルロットが入った鉄格子の箱だ。

「ああ、そちらは私の国ノ、南のホウニ住んでいる狐獣人デシテ、言葉を喋れないノデ、金貨二十枚からのスタートとなりマス」

言葉を喋れなくても、美少女なので金貨二十枚からなのだろう。

「今宵は世界各国の美女、美少女を集メテいますので、お楽しみいただけるカト」

目ざとい奴隷商は、リーゼロッテと侯爵様の背後に佇んでいたガルさんに気付く。

「オオ、狼獣人、珍しいデス！」

そういえば、ガルさんはこの国へ誘拐されてきたと言っていたような。この任務へ参加することは複雑だっただろう。

「いやはや、お目が高いデスネエ〜。ちなみに、こちらの狼獣人はどちらでご購入ヲ？」

「それは――今晩の取引のあと、教えてやろう」

「ハイ！」

侯爵様のおかげで、なんとか乗り切ったようだ。ホッとする。

奴隷商と成金貴族の親子はいなくなった。

一時間後くらいに傭兵の装いをしたベルリー副隊長がやって来て、お菓子や果物などの差し入れをくれた。

「リスリス衛生兵、もうしばし辛抱してくれ」

「わかりました。ベルリー副隊長もお気をつけて」

「ああ、ありがとう」

ベルリー副隊長が去ったあと、シャルロットと二人でお菓子を分けて食べつつ夜まで待機する。

そして、競売が始まった――。

私達の入った鉄格子の箱は舞台の上に持ち運ばれた。布がかけられ、外の様子はわからなくなる。

しだいに、客がやって来たのか、ざわざわしだした。いったい、何人くらい参加しているのか。

すんすんと泣いている、隣の鉄格子の箱の中にいるシャルロットに声をかけた。

「シャルロット、大丈夫です。どうか、泣かないで」

ガタリと、大きな物音がした。突然私が声をかけたので、びっくりしたのだろう。

「メル、××、×××、××……」

何を言っているのか、まったくわからない。けれど、続けて声をかける。

「シャルロット、頑張れ、今が耐え時だー」

『クエクエー！』

アメリアも一緒になって応援してくれた。

「メル、アメリア、×××！」

たぶん、あれはありがとうだろう。私達の応援はシャルロットに通じたようだ。

あとは、ルードティンク隊長達が助けてくれるのを待つばかりだろう。

そうこうしているうちに、競売が始まったようだ。

「最初の商品は、隣国で仕入れた色白美人！　言葉はわかりませんが、従順です。金貨五枚から始めます！」

競売の司会をしているのは、先ほどの奴隷商ではないようだ。いったい、何名くらいの組織なのか。規模がまったくわからない。

大人数でしていることではないだろうが。

「金貨十枚！」

「私は金貨十五枚出そう！」

「俺は二十枚だ」

競売は大いに盛り上がっている。あっという間に、金貨五十枚になった。

声を聞き分けていると、十名以上いそうだ。

金貨八十枚が出る。威厳たっぷりの、低い声の持ち主——侯爵様だ。

以降、シンと静まり返る。

「金貨八十枚、金貨八十枚以上はいませんね？　では、こちらの色白美人は金貨八十枚での落札となります！」

　ざわざわと、会場が騒《ざわ》めく。やはり、人数は十名前後で間違いないだろう。

　それから次々と、人身売買が行われる。侯爵様がすべて落札してしまうので、途中から罵声が飛び交うようになった。

　侯爵様は相手にしていないようだが。リーゼロッテがいるので、心配だ。まあ、ガルさんが一緒なので、大丈夫だと思うが……。

　誰かが近付いて来る。きっと、奴隷商だろう。

「――××っ！」

　どうやら、シャルロットの番が回ってきたようだ。

「××、××、メル、アメリア！」

「シャルロット～～！」

『クエクエ～～！』

　ひたすらシャルロットの名前を叫んだ。

　大丈夫だからね。強面のおじさん……侯爵様が落札してくれるから。

　どうか泣かないでほしい。心から祈る。

　ついに、シャルロットの競売が始まった。

「――では、本日の目玉商品その一。大変珍しい、狐獣人の娘になります。年頃は十四から十六くらいでしょう。性格は大人しく、控えめです。なんといっても、毛並みが美しい！　この商品、金貨二十枚から開始します！」

司会者の煽《あお》りもあったので、あっという間に金貨百枚まで伸びる。

一人、どうしても落札したい人がいるようで、粘っていた。だんだんと焦っているような声色になっていたが、演技で参加している侯爵様は平然と値段をつり上げていた。

「金貨百十五枚」

「……くっ」

ここで、競売は終了となる。

「では、こちらの狐獣人の少女は、金貨百十五枚となります」

シャルロットには本日一番の高値が付いたようだ。

競売後、侯爵様は喧嘩を吹っかけられていた。会場にいた護衛が止めたようだが、ざわざわと落ち着かない雰囲気となっている。

そして、ようやく私達の出番となった。

鉄格子の箱は舞台の上へと運ばれて行った。

「最後に、目玉中の目玉をご紹介いたします。これは、今までの競売の中でも、一番の稀少なものです。それは——」

ぱっと、布が取り払われた。アメリアが前に立ちはだかり、翼を広げているので私の姿は客に見えないようになっている。恥ずかしいと言ったので、隠してくれているようだ。

アメリア、なんて優しい子なのか。

「この、美しき鷹獅子《グリフォン》です！」

やはり、アメリアを中心に売り出すようだ。

「見て下さい。この美しい白い羽を。通常、鷹獅子《グリフォン》は頭部のみ白い個体がほとんどですが、この鷹獅子《グリフォン》は全身真っ白です。それに、この凛々しい瞳。気高さの証です」

そして、取って付けたように私の説明も始める。

「あと、この鷹獅子《グリフォン》と仲良しのエルフも付いて来るそうです。なかなか可愛いですよ」

このおまけ感！　いいけどね。

「では、こちら稀少性も考えて、金貨百五十枚から始めます」

「金貨五百枚！」

侯爵様がすぐに手を挙げ、驚きの価格を提示した。

周囲からは、悔しそうな声が上がっている。誰も、金貨五百枚以上出せる人はいないようだ。

「金貨五百枚以上の方はいませんか？」

この瞬間、シンと静まり返る。

「では、金貨五百枚でいいですね？　……はい、では、金貨五百枚で落札となりました」

以上で競売は終了となったが、参加者達は立ち上がって、一気に侯爵様へと詰め寄った。

「おい、てめー、新参の癖にしゃしゃりでやがって！」

「独り占めするとは、さすが成金貴族だな！」

「どこのどいつだ？　裏社交界でこういうことをすれば、どうなるかわかっているのか？」

ハラハラしながら見守っていたが、侯爵様は口元に笑みを浮かべていた。そして、余裕の一言を述べる。

「お前達も、こういう場所に来たら、どうなるかわかっていないようだな」

「なんだと⁉」

「この野郎！」

乱闘騒ぎになろうとした瞬間、競売会場の扉が開かれる。

やって来たのは強面の奴隷商とその仲間達！　ではなくて、第二部隊の面々であった。

ベルリー副隊長、ザラさん、ウルガスを引き連れている。ガルさんは侯爵様の護衛を引き続き行うようだ。

「あ、あの強面の男はなんだ⁉」

「堅気の者ではない！」

参加者たちは口々に叫ぶ。

ルードティンク隊長は騎士隊の鎧姿だったのに、騎士には見えていないようだ。きっと、みんな疲れているのだろう。

「騎士隊だ！」

「なんだと⁉」

「おい、ここは安全ではなかったのか？」

参加者達は会場の前方――舞台のあるほうへと逃げる。

問題は会場に配備されていた護衛達である。剣を抜き、ルードティンク隊長達と対峙していた。

「大人しく拘束されるか、倒されるか、どちらを選ぶか？」

煽った瞬間、護衛達は襲いかかってくる。

ルードティンク隊長は大剣を抜いて、相手が振り上げた剣戟《けんげき》に備えた。

刃の重なり合う音と、殴打する音、怒声と叫び声が聞こえる。

ザラさんは斧の柄で護衛の剣を弾き、ガラ空きになった腹部を蹴り飛ばす。相手は椅子を倒しながら、後方へ二メトルくらい飛んでいた。

ベルリー副隊長は武器を抜かずに素早さを生かして足払いをし、相手を拘束していた。

ウルガスは護衛三人から逃げ回っている。それでいいのか。

「小僧、ちょこまかと！」

「だって俺、弓兵ですもん！」

そりゃそうだ。

途中でガルさんが護衛の首根っこを掴み、持ち上げて放り投げる。すごい怪力だ。

「鷹獅子《グリフォン》だけでも持ち運べ！」

鉄格子の箱に手がかけられる。跳び上がるほど驚いた。天井に頭をぶつける。

戦闘に注意がいっていたので、人の接近に気が付かなかった。指示を出した声は奴隷商だろう。

私の入った鉄格子の箱が持ち上げられる。

危ない！

「た、助けて下さ～～い！」

『クエクエ～～！』

アメリアと共に、助けを求める。すると、ルードティンク隊長が戦っていた相手を殴り倒し、すさまじく怖い顔をして走って来た。

「うわあ！」

「ヒッ！」

鉄格子の箱はやや乱暴に床に置かれ、奴隷商は逃走する。

「待て、コラ！」

「お、お許しヲ……！」

「ううっ……！」

「許すかよ！」

会話の内容を聞いていたら、どららが奴隷商かわからない。

ルードティンク隊長は瞬《また》く間に二人を倒し、拘束した。さすがだ。

周囲を見ていたら、競売の客と護衛は共にお縄状態となっている。みんな仕事が速い。

「リスリス衛生兵、大丈夫か？」

ベルリー副隊長が優しい言葉をかけてくれる。何だか泣けてきた。

「どこか怪我をしているのか？　酷い言葉をかけられたとか？」

「いえ……」

大丈夫だとわかっていたけれど、不安だったのだ。他の奴隷の人達はもっと辛かっただろう。

「あ、そうだ。他の奴隷の方々はどうなるのですか？」

「とりあえず騎士隊で保護する。女性騎士が世話をするから、心配はいらない」

「そうですか。よかった……」

シャルロットが心配だ。もう、彼女には泣いてほしくない。

こうして、奴隷商は騎士隊に拘束された。

組織の人数は五名と小規模で、酒場の主人に大金を握らせていたみたいだ。客として競売に参加していた貴族ももれなく御用となっている。

しかし、平和だと思っていたら、裏で人身売買が行われていたなんて……。恐ろしい。

二度と、こんなことはあってはならないだろう。そのためには、騎士隊の奮闘が不可欠だ。

そうそう、シャルロットは祖国に帰れない事情があるようで、王都に残ることになったらしい。

今は、一生懸命言葉を覚えている最中だとか。

またいつか、会えたらいいな。

その時は、アメリアと三人でお茶会を開こうと思っている。

楽しみだ。

想定外の狩猟めし　――肉にチーズをたっぷり絡めて

今月、六回も遠征に行った私達はくたくたであった。

ウルガス曰く、今までは多くても、月に二回程度だったらしい。

ここ最近、立て続けに任務達成をしたので、少数精鋭部隊として認められているとのこと。

光栄だけれど、酷使されるのは辛い。

ルードティンク隊長も同じようなことを思っていたからか、行動を起こしてくれた。

「喜べ。前回の任務成功の報酬として、一週間の休日と旅行券を貰ってきたぞ。行先はルシファンだ」

旅行ですと⁉

なんでも、王都から馬車で五時間ほど走った先に精霊泉《せいれいせん》という場所があるらしい。それに浸かると疲れが取れるのだとか。

「リーゼロッテ、精霊泉って聞いたことありますか？」

「ええ。何か、熱くも冷たくもない、不思議な泉らしいわ」

「へえ～～」

魔力の濃度が高く、疲労回復効果があるので、瞬く間に元気になるらしい。働きすぎてへとへとな私達にぴったりな場所だと言えよう。

「出発は明後日だ。騎士隊の裏口に集合。始業の鐘が鳴るまでに来い」

一泊二日の日程のようだ。残りの日は、自由に休んで良いらしい。

この日はこのまま解散となり、ワクワク気分で帰宅となる。

明日、服でも買いに行こう。

＊

旅行当日。荷物を持って、寮の外でザラさんと落ち合う。

「お待たせしました」

「あら、メルちゃんの服、可愛い」

「ありがとうございます」

昨日、ワンピースを買った。旅行なので、ちょっぴり奮発をしたのである。

黄色い生地に、腰部分の大きなリボンが可愛い意匠だ。旅行なので、ちょっと華美な物を選んでみた。

「アメリアも、その鞄と帽子、良いわねえ」

アメリアにも、旅行用の鞄と帽子を作ってみた。

鞄は革製で、人間用を改造したもの。ベルトのように巻き付けて背負わせている。

帽子はボンネットだ。日よけにぴったりだろう。

『クエエ～～』

アメリアは自慢げに鳴いていた。

ザラさんは、男装している。革っぽいジャケットに、黒のズボン姿だ。髪の毛は低い位置に結んでいる。

「ザラさんも、素敵です」

「ありがとう。ちょっと地味だと思っていたけれど、良かった」

顔が華やかなので、これくらいがちょうどいいだろう。煌びやかな服を着ていたら、貴公子感がハンパなくなる。

「メルちゃん、荷物持ってあげる」

「いいえ、重たいので……」

「いいから、いいから」

「ありがとうございます」

ザラさん、紳士だ。ありがたく、好意に甘えさせていただく。

「今日は旅行日和ですねえ」

「ええ、良かったわ。気持ちがいい天気で」

そんなことを話しつつ、騎士隊の裏口まで歩く。

途中で、すれ違ったザラさんの知り合いの女性騎士に話しかけられた。

「あれ、アートじゃん。何それ、旅行？」

「ええ、そうなの」

「婚前旅行？」

「ふふ、どう思う？」

「どうって、婚前旅行にしか見えないけれど」

「ち、違います、第二部隊の慰安旅行です！」

言ってからハッとなる。知り合いでもないのに、会話に割り込んでしまった。恥ずかしくなる。

「メルちゃん、冗談だから」

「うっ、すみません、空気が読めずに……」

女性騎士にも、深々と謝っておく。

「いやいや、気にしないで」

「ありがとうございます」

別れ際、ザラさんは頑張れと、肩を叩かれていた。

いったい、何を頑張るのやら。

すでに全員集まっていた。ルードティンク隊長が手配していた馬車もすでに到着している。

御者は雇っているらしく、自分達で手綱を握らなくてもいいのだとか。贅沢な旅行だ。

こういうのは初めてなので、何だかドキドキする。

ルードティンク隊長はベルベット生地の上着に革のズボン、黒の長靴姿だった。仕立ての良い服なのに、顔立ちのせいで流れの傭兵のように見える。今日はベルトに細身の剣を差していた。

ベルリー副隊長は白いシャツにベスト、ズボン姿だ。男装がさまになっていて、カッコイイ。

ガルさんは丈の長い黒コートを纏っていた。頭にかぶったベレー帽がオシャレ。

ウルガスはシャツにジャケットを羽織り、下はズボンに長靴と休日らしい恰好をしていた。

中でも、リーゼロッテがすごかった。絹の昼用ドレスで、上から毛織物の短いケープを纏っている。リボンと造花で飾られた、日よけの麦わらのボンネットも被っていた。

ルードティンク隊長がぼやくように言う。

「リヒテンベルガーの荷物、鞄三つもあったんだ」

「ドレスですからねえ」

リーゼロッテの鞄は馬車の上に括りつけたようだ。

「リーゼロッテ、ドレスは一人で着ることはできるのですか？」

「いいえ。無理よ」

「だったら、どうやって着るんですか？」

「旅行先に二人くらい使用人を手配しているの」

「なるほど」

「だったら、鞄も使用人に持たせたらいいじゃないか」

「だって、荷物があったほうが、旅行らしいでしょう？」

リーゼロッテは初めて侯爵家の者を連れないで行くらしく、旅行気分を存分に味わいたいようだ。まあ、一人で荷物持てないけれど。

ルードティンク隊長をちらりと見る。力のありあまった持ち手はいそうだ。

「お喋りしていないで、行くぞ！」

「は〜い」

こうして、第二部隊の慰安旅行は始まった。

ガタゴトと、石畳の上を馬車が走る。

任務以外で、こうしてみんなで移動しているというのは、なんとも不思議な気分だった。

アメリアは良い子で伏せている。リーゼロッテにボンネットを褒められ、嬉しそうにしていた。

頑張って作った甲斐があるというもの。

「あ、そうだ。私、お菓子焼いてきたの」

ザラさんが膝の上にあった籠の中から、紙袋に入ったお菓子を取り出す。

「紅茶のサブレなんだけど」

おお、サブレとな。気合いの入ったお菓子を作ってくれたようだ。

馬車には折り畳み式の机があるので、取り出して紅茶サブレを真ん中に置く。

「あ、俺、チーズとか燻製肉とか持ってきました」

ウルガスも鞄の中から食料を取り出す。お茶会かと思いきや、一気に飲み会っぽくなる。

他の人達も食料を出していた。魚のオイル漬けに、パン、チョコレートに飴。私も昨日買ったメレンゲ焼きを取り出した。

アメリア用の乾燥果物も準備する。

「飲み物はどうしましょう。お茶？」

「だったら、これを飲むか」

　ルードティンク隊長が足元から取り出したのは、葡萄酒だった。

　ザラさんは目を細めながら追及する。

「昼間からお酒なの？」

「いいじゃねえか。休みなんだから」

「まあ、そうね」

　馬車の中で葡萄酒が振る舞われる。年季の入った瓶なので、高級品ではないだろうか。自分で注ごうと思っていたのに、ルードティンク隊長はトクトクと葡萄酒を私のカップへ注いでくれた。

「あ、ありがとうございます。なんか、すみません」

「今日は無礼講だ」

　みんなのカップに葡萄酒が注がれたあと、乾杯した。

「皆、ご苦労だった。旅先では、ゆっくり休め」

　カップを重ね、葡萄酒を飲んだ。ピリッとしていて、大人の味の酒だった。私にはまだ早い気がする。口直しに、ザラさんが作ってきてくれたサブレを食べた。

　サクサクとした軽い食感で、紅茶の良い香りが口の中いっぱいに広がる。心がホッとするような、優しい味わいであった。

「メルちゃん、どう？」

「バターと茶葉の風味が効いていて、とてもおいしいです！」

「そう、良かったわ」

葡萄酒は一杯までとベルリー副隊長が釘を刺していたので、ルードティンク隊長はちまちまお酒を飲んでいた。

残り少なくなったカップを覗き込み、はあと溜息を吐いている。

「……侘しいな」

「街まで我慢すればよかったのよ」

移動中、魔物と出会って戦闘になる可能性があったので、多量のお酒は控えなければならない。

「アメリア～、おいしい～？」

『クエ～～』

リーゼロッテは馬車の床にいるアメリアに果物を与えるので忙しそうだった。

ずっと姿勢を低くして辛くないのだろうか。まあこれも、幻獣愛なのだろう。

そうこうしているうちに、目的地へと到着した。

精霊泉があるのは、森の中にある小さな村だった。藁ぶき屋根の家が並び、花壇には美しい花々が咲き誇る。観光地で人がいっぱいいるのかと思いきや、人通りの少ないのどかな場所だった。

「えっと、ルードティンク隊長、ここが、精霊泉のある村ですか？」

「そうだ」

なんでも、精霊泉の水質を保つため、招く人を制限しているらしい。よって、このようにのんびりとした雰囲気になっているようだ。

「いいですねえ、ゆっくり過ごせそうです」

ウルガスは十七歳の少年とは思えない発言をする。まあ、気持ちはわかる。心身ともにくたくたなのだ。

リーゼロッテは目を輝かせながら、村の様子を眺めている。

「ここ、一回来てみたかったの。魔法使い憧れの地なんだけれど、なかなか予約が取れなくて」

ここの村長と、ルードティンク隊長が知り合いらしい。

その昔、村長はルードティンク家で働いていたようだ。数年前に家を継ぐため、村に戻ってきたのだとか。

「じゃ、ちょっと村長に挨拶を――」

そう言いかけた瞬間、バタバタと村の男衆が駆けていく。剣や槍を持っていた。いったい、何があったのか。

最後に、六十代くらいの白髪のお爺さんが通りかかる。

「おや、クロウ坊っちゃんではありませんか」

「ジルオール爺、なんかあったのか？」

「ええ、少々困ったことになりまして」

武装していたので魔物かと思いきや、村長は違うと首を横に振った。

「大猪が出たんですよ」

長年周辺の畑を荒し、たまに通りかかった商人や村人を襲うこともあった巨大猪が森で発見されたようだ。

「えっと、それって魔物では？」

「魔物ではないんですよ」

よって、騎士隊に討伐申請しても、通らなかったらしい。柵を作ったり、罠を仕かけたりといろいろ対策をしていたらしいが、全長二メトル以上もある大猪には効果なしだったとか。

それにしても、騎士隊の討伐が魔物のみという点は驚きだ。

「その辺については、上に報告しておく」

「でも、難しい問題よね」

ザラさんは言う。騎士隊は深刻な人手不足だと。魔物退治だけでも手一杯らしい。

「私達、この通り働きすぎて疲れているでしょう?」

「そうでした」

私はルードティンク隊長を見る。ギラギラとした目は、何かを決意した眼差しであった。

「おい、ベルリー」

「私は問題ない」

「ガルは?」

ガルさんはルードティンク隊長の問いかけに、コクリと頷いた。

「ウルガス?」

「あ~はい。だいじょぶです」

「ザラ」

「ええ、行けるわ」

「リヒテンベルガーは?」

「よろしくってよ」

どうやら、戦闘に参加できる状態にあるらしい。武器も持って来ているようだ。

キリッとしているけれど、みんなお酒が入っていて、ほろ酔い状態だ。大丈夫なのか……。

一杯しか飲んでいないので、まあ、そこまで酔っていないだろう。そう思いたい。

「リスリスはどうする？」

「先にいった村人に怪我人が出るかもしれないので、私も同行します」

一応、救急道具は持って来ていたのだ。私物だけど。

ここで、ルードティンク隊長は村長に大猪退治の手伝いを申し出る。

「いいのでしょうか？」

「いい。任務ではなく、夕食を狩りに行くだけだ」

「クロウ坊ちゃん……恩に着ます」

こうして、私達第二部隊は大猪狩りに出かけることになった。

ここで、一点問題が生じる。

「アメリアは村に残っていてもらえますか？」

『クエ～～』

不安そうに鳴いているけれど、連れて行くわけにはいかない。

「では、私の妻に頼んでおきましょう」

「すみません、お願いします」

その辺にあった荷車に、アメリアは乗せられる。果物を入れておいた。

「すぐに戻って来るので」

『クエエエ～～』

村長の近くにいた青年がアメリアを連れていく。

『クエエエ～～！』

もう少し大きくなったら、遠征に連れて行けるだろう。今は我慢してほしい。姿を見ていると辛くなるので、連れて行かれるアメリアから目を逸らした。

「よし、行くぞ」

剣を手にしたルードティンク隊長が命じる。大猪討伐作戦の始まりであった。


村を囲む森は、木漏れ日が差し込んで穏やかな様子を見せている。遠征で行く鬱蒼《うっそう》とした魔物のいる森とは大違いだ。

先ほど現場に向かっていたのは第二陣のようだ。十人がかりでも苦戦していたらしい。追加で、五名と、第二部隊が向かう事態となっている。

村の青年の案内で大猪のいる現場へとたどり着いた。

――ギュルルルル！

大猪は雄たけびをあげ、槍を構えていた青年に突進する。

「ぎゃあ！」

なす術もなく、吹き飛ばされていた。

「なんだありゃ」

大猪を見たルードティンク隊長が驚きの声を口にする。

事前に聞いていたとおり、体長は二メトルほど。口元に鋭い牙を生やした、黒い毛並みの巨大猪だった。

「本当に、魔物じゃないのね……」

たしかに、魔物のような禍々《まがまが》しさは感じない。純粋に、森の木の実などを食べて成長したのだろう。しかし、あの大きさは魔物並みだ。

「総員、戦闘準備！」

「リスリス衛生兵は怪我人を安全な場所へ連れて行って、可能な限り治療を」

「了解しました」

ベルリー副隊長の指示に従って、怪我人のもとへと急ぐ。

「大丈夫ですか？」

先ほど突き飛ばされた青年に声をかける。

「う……俺は……」

意識はあるようだ。脈も正常である。外傷は――腹部を押さえていた。服を捲ると、内出血している。鞄の中から水を取り出し、布に浸して絞ったあと患部に当てて冷やす。

「すみません、この方、一刻も早くお医者さんに診てもらったほうがいいです」

担架を持って来ていたようで、すぐに村へと運ばれた。

他の人達は幸いにも、擦り傷や切り傷だけだった。傷口を綺麗に洗い、薬草で作った軟膏を塗っていく。

治療が終わって村人達の撤退を見届けたあと、戦闘を続けている第二部隊のみんなのほうを見る。

ガルさんが足元を突き、その際にできた傷をザラさんが斧で斬りつける。

ぐらりと体が傾いたところに、ウルガスが大猪の目を射る。

ベルリー副隊長が首元を斬りつけ、リーゼロッテが傷口を炎の柱で炙った。

最後に――。

「逃がすかよ！」

ルードティンク隊長は物騒なかけ声を上げつつ、大猪と戦っていた。いつもより小さな剣であるが、魔物ではないので問題ないよう。

「死ねえええ！」

額を斬りつけると噴水のように血が噴き出る。

ここで、大猪は倒れた。見事、討伐作戦は成功だ。

「よし、よくやった」

どうやら、大猪を村に持って帰るようで、ルードティンク隊長はいそいそと準備をしている。

「ザラ、斧を貸してくれ。ガルの槍と二本、足に括りつけて、運ぶ」

「ええ、嫌よ」

「つべこべ言わずに貸しやがれ」

お貴族様とは思えない、俺様な発言をしている。ザラさんはイヤイヤ戦斧を差し出していた。

しかし、この大猪、体重はどのくらいあるのだろうか。かなり筋肉質で、がっしりしている。

村に運ぶ前に、斜面に置いて血抜きをしていた。

「これ、そうとう動き回ったので、肉質は微妙かも……」

「夢のないことを言うな」

基本的に、動き回って熱を持った獲物の肉は不味い。激しい戦闘を経て、仕留められたこの大猪は残念ながら良質の肉とは言えないだろう。

「まあ、これくらいいか」

血抜きは完了となった。

ルードティンク隊長、ガルさん、ザラさんの三人がかりで大猪を村まで運ぶ。

ザラさんは憂鬱そうだった。

「私、こんなことするために、ここに来たんじゃないのに……綺麗な森だから、森林浴をしようと思っていたけれど、こんな血塗れになって……」

「仕方がねえだろ」

「ううっ……」

ザラさん、お気の毒に。私も何か手伝いたかったけれど、何もするなと言われてしまったのだ。

私の隣を歩くリーゼロッテもぼやく。

「……まさか、ドレスで森の中に入ることになるとは」

「ですね」

ドレスの裾は土で汚れている。綺麗に結んであった髪もボサボサだ。

私も、ワンピースの袖を枝に引っかけ、破いてしまった。下ろしたての新しい服なのに……。

「リーゼロッテ、精霊泉に入って、疲れを取りましょう」

「ええ、そうね！」

精霊泉と聞いて、リーゼロッテはわずかに元気を取り戻す。

村の広場に大猪は置かれた。小さな子どもから、お爺さん、お婆さんまで、その姿を見て驚いていた。

「すごいなあ、アレ！」

「山の義賊が仕留めたらしい」

「すげえな」

「熊のような大男だったとか」

「怖ええ……」

いや賊でもなければ、熊のような大男でもないので……。

ルードティンク隊長の耳に届いていないのは幸いか。

「おっ、今からバラすのか！」

「こいつは見物だな！」

今から解体が始まるようだ。村の男衆が、ナイフや鉈《なた》を持って来る。

「え、やだ、ここで解体するの⁉」

「みたいですね」

「やだやだ！」

リーゼロッテが私に抱きつき、目を逸らしている。

あの、私の長く尖った耳がリーゼロッテの頬に刺さっていますが……。

そんなことよりも、解体を見たくないらしい。

一方、今までにないほどの大物の解体に、村人達は盛り上がっていた。

まず、皮の薄い腹部からナイフを入れる。丁寧に皮を剥いで、背中以外を丸裸にした。

続いて、お腹にナイフを入れて、首を斬り落とす。アバラを開き、内臓などを丁寧に取り出した。部位ごとに肉を切り分け、集まった村人に配られる。私達には肩肉が手渡された。

いや、旅先で生肉を渡されましても……。

「せっかくだから、味見をしてみよう」

「そうですね」

ルードティンク隊長のその一言で、大猪肉を食べてみることにした。

村長の家の台所を貸してもらえるらしい。

「村長といえば、アメリア！」

慌てて迎えに行く。

『クエエエ～～、クエエエ～～！』

「あ、その、はい。すみませんね……」

どうやら、ものすごく寂しかったらしい。村長の家で、ずっとクエクエ鳴いていたとか。

「アメリア、これからはずっと一緒です」

『クエ～～！』

こんなことを言って、連れて行けない任務になったらお留守番かもしれないけれど。

すまん、アメリア。心の中で謝っておく。

村長の奥さんに謝罪とお礼を言った。

「すみません、アメリア、騒がしかったでしょう？」

「い～え、赤ちゃんって、こんなものだから」

「ありがとうございます」

目尻の皺を深め、穏やかに微笑みながら言ってくれた。優しい人で良かった。

「すみません、あと、お台所をお借りしても」

「ええ、どうぞ。その前に、お茶を飲まない？」

「はい、ありがとうございます……あ、何か、お手伝いでも？」

「大丈夫。居間で休んでいて。疲れたでしょう」

お言葉に甘えて、第二部隊の面々と居間で待機させてもらった。お茶を飲み、しばし休憩をしてから台所に立つ。腕まくりをして、気合いを入れた。

とは言っても、長居したら迷惑になるので、ちゃっちゃと作れる品目に決めた。

まず、ルードティンク隊長の高級葡萄酒に漬け込んで、臭み消しをする。これで獣臭さがなくなればいいけれど。

台所にある食材はなんでも使っていいというので、いろいろいただく。

まず鍋にオリヴィエ油を引《ひ》き、薄く切った胡椒茸《ぺべり》を炒める。キノコに火が通ったら、細切りにした大猪の肉を入れた。ジュウジュウ炒める。

「おっ！」

漂う匂いは、悪くない。というか、おいしそうな匂いがする。

『クエ～？』

「あ、アメリア、危ないです」

下ではかまどの火が燃えているのに、アメリアが「どうしたの？」と無邪気な様子で近付いて来た。焼き鳥……ではなくて、焼き鷹獅子《グリフォン》になるので、あまり近付かないでほしい。

「もうちょっと、待っていてくださいね」

『クエ！』

さっさと仕上げに取りかかる。

途中で高級葡萄酒を入れる。ボッと、鍋から火が上がった。

塩、胡椒、香辛料でしっかり味付けして、薄く切ったチーズを載せてトロトロになるまで待つ。

最後に、乾燥目箒草《バジリコ》を振りかけたら『大猪のチーズ焼き』の完成だ。

味見は敢《あ》えてしない。そのまま鍋ごと持っていった。

「お待たせしました」

「おう」

すでに、居間では酒盛りが始まっていた。近所から持ち寄られたごちそうがテーブルいっぱいに並べられている。

何か、パパッと作った料理なので気が引けるけれど。鍋敷きを置き、その上に載せた。

「え〜と、おいしいかわかりませんが」

まずはルードティンク隊長が食べるようだ。チーズを絡ませた胡椒茸《ペペリ》と、大猪肉をパクリと食べる。

「――む⁉」

顔を顰めつつ、眉をピクリと動かした。

その反応はおいしいのか、まずいのか、まったくわからない。

「どうですか？」

「うまい！　驚いた。期待していなかったが、獣臭さはないし、歯ごたえが良い」

その言葉を聞いて、他の人も食べ始める。

「あの、村長さんや奥さんもよろしかったら」

「まあ、ありがとう」

「では、いただきますね」

私も食べてみる。たっぷりと大猪肉にチーズを絡ませて一口。

「んっ、おいし！」

ルードティンク隊長の言う通り、臭みはない。あんなに戦闘で動き回っていたのに、不思議だ。

脂が乗っていて、ジューシーだ。大きな獲物は大味だと言うが、そんなことはなかった。

脂肪部分はプルプルしていて、甘みがある。塩気の多いチーズとの相性も抜群だ。

「へえ、これは、おいしいですね」

「本当に」

猪肉とチーズという組み合わせは初めてだったようだが、好評だった。

「でも、どうして臭みがないのかしら？」

「それは――」

私の鞄になぜか入っていた、ルードティンク隊長の高級葡萄酒が決め手だろう。

「お前、それは！」

「ち、ちょっと使っただけですよ」

持ち運び料だということにしておく。

「葡萄酒に漬け込んだら、こうなるのね」

「えっと、たぶん」

自信を持ってお試しあれと言えないのが……。

それにしても、心配だった大猪肉だったけれどそこそこ評判でよかった。

「あとは、ゆっくり休むだけですね」

すっかり夕暮れ時となっている。ふわ～っと、欠伸をしてしまった。

「あ、そういえば、精霊泉はどこにあるのですか？」

その疑問には、村長さんの奥方が答えてくれた。村に引いていて、温泉のようになっているらしい。ベルリー副隊長やリーゼロッテも温かい風呂に入りたいと言っている。

「では、すぐに手配をしましょう」

村長が立ち上がり、若い衆に指示を出してくれた。

やっと、やっと精霊泉に入れるようだ。

ひとまず酒盛りは中止にして、第二部隊みんなで精霊泉に向かう。

平屋建ての長屋の中に、精霊泉を引いているらしい。

「きちんと男女分かれているのでご安心を」

「そうなのですね……」

ウルガスが残念そうな声で村長の言葉に反応する。一緒に入りたかったのか。

『クエクエ！』

「あ、すみません、アメリアさん」

ウルガスはアメリアに怒られていた。まあ、仕方がない話だろう。

出入り口は男女別に分かれている。お風呂に入ったあとは、自由行動らしい。

「村長の家に邪魔するもよし、宿で食事をするのもよし、村の酒場に行くもよし。自由に過ごせ。明日は夕方にここを発つ」

「了解しました」

ベルリー副隊長とリーゼロッテ、アメリアと共に女性用の脱衣所に入る。

村長は太っ腹で、アメリアもお風呂に入って良いと許可を出してくれた。

鞄の中から、アメリアと一緒に作った石鹸を取り出す。

「アメリア、今日、これを使いましょうね」

『クエエ～～！』

一緒に作ったことを覚えているからか、尻尾を振って喜んでいた。

「メル、それ、どうしたの？」

「アメリアと作ったんですよ」

「まあ、すごいわね」

『クエ！』

リーゼロッテに褒められたアメリアは、満更ではない様子でいる。

服を脱いで、浴室に向かった。

内部は石の床に、石の浴槽。体を洗うための場所が三人分設けられていた。

寮のお風呂より狭いが、目の前の精霊泉を見てぶわりと鳥肌が立つ。

「――わっ、綺麗！」

精霊泉は青色だった。水面がキラキラ輝いている。

「不思議な湯の色だな」

「きっと、魔力の働きで、こんな色に染まっているのでしょうね」

まずは体を洗う。ベルリー副隊長とリーゼロッテと、三人がかりでアメリアを洗った。

『クエクエクエクエ～～♪』

久々のお風呂に、アメリアは上機嫌である。

「痒《かゆ》いところはないですか～？」

『クエ～～』

本当に、嬉しそう。連れて来て良かった。

アメリアを丸洗いしたら、今度は私達が髪や体を洗う番だ。リーゼロッテはぎこちない動きで、髪の毛を洗っていた。

「リーゼロッテ、お手伝いしましょうか？」

「だ、大丈夫だから」

きっと、いつも侍女さんが手伝ってくれるのだろう。本人は頑張ると主張しているので、心の中で応援するだけにした。

今度はベルリー副隊長に話しかける。

「ベルリー副隊長、お背中流しますね」

「ああ、ありがとう」

いつもお世話になっているので、ここぞとばかりに気合いを入れて背中を擦る。

それにしても、ベルリー副隊長の体はシュッとしていて綺麗だ。筋肉が付いているけれど、女性らしい線も保たれている。首から下は日焼けしていなくて、白い肌が眩《まぶ》しい。

いやいや、体に見惚れている場合ではない。真面目に背中を流さなければ。

「ベルリー副隊長、痛くないですか？」

「いいや、ちょうどいい力の入れ具合だ」

「良かったです」

祖父や父の背中を流してお小遣い稼ぎをしていたので、こう見えて自信がある。

ベルリー副隊長に褒めてもらえて嬉しい。

「ありがとう、リスリス衛生兵」

「いえいえ」

最後に、精霊泉に浸かる。

「あ～～……」

アメリアが嬉しそうに湯船で犬かきをしていた。

リーゼロッテは目を見開き、精霊泉を手のひらに掬っている。

「すごいわ、これ……」

「ええ、本当に」

ベルリー副隊長は頭の上に手拭いを載せ、くつろいだ姿でいる。

精霊泉は浸かっているとじわじわ体が温まり、疲れが湯に溶けてなくなるようだった。

「なんか、夜もよく眠れそうです」

「だな」

じっくり精霊泉を堪能し、疲れを取ったあと私とアメリア、リーゼロッテは宿に向かう。

ベルリー副隊長は村長の家に行くようだ。お付き合いも大変だ。

『クエッ、クエ～～』

アメリアが、「空がすごい！」と言う。見上げてみたら――。

「わっ！」

手が届きそうなほど、キラキラと瞬く星が夜空で輝いていた。

「メル、どうしたの？」

「空、星が綺麗です！」

「まあ！」

リーゼロッテと共に、綺麗な星空を見上げる。

「なんか、今まで忙しくて、こういう景色を見る余裕もなかったというか……」

フォレ・エルフの夜空はどうだったのだろうか。バタバタする生活だったので、まったく覚えがない。その前に、夜の外出は禁止されていたけれど。

「フォレ・エルフの森だったら、きっと綺麗よ」

「そうだと良いですね」

リーゼロッテはいつか、フォレ・エルフの村に行ってみたいと言ってくれた。

「本当、ド田舎ですよ」

「でも、メルが育った場所なんでしょう？　見てみたいわ」

「えっと、ありがとうございます。何もないところですが……」

家族は元気だろうか。村のことを思ったら、なんだか恋しくなってしまった。

また、今回みたいな長期のお休みがあったら、里帰りをするのもいいかもしれない。

「それにしても、世界はいろんなところがあるのね」

「私も、遠征部隊に配属されて、同じことを思いました」

「この先も、いろんな場所を見てみたいわ」

「私も――」

きっと世界には美しい場所がたくさんあるだろう。

遠征部隊の任務を通じて、いろいろ知ることができたらいいなと思った。

そんなわけで、残りの滞在時間はのんびりと過ごさせてもらった。

村での滞在は、最高の一言だった。食事はおいしいし、村人達は親切だし。心身共に癒された。

また、休み明けから騎士として頑張ろうと思う。

番外編　不思議の獣人ガルさんの謎

ガルさんって謎の人だ。前々から思っていたことを、本人にぶつけてみる。

本当に申し訳ない事実なんだけど、『狼獣人――特に赤毛の個体と遭遇したら運の尽き』、などという言い伝えが私の村にあった。

だから、初対面の時にガルさんの顔を見た瞬間、ゾワリと鳥肌が立ったのだ。

きっと、乱暴で俺様で自分勝手な奴だと思っていたが、実際はそんなことなどまったくなく。

心優しく、穏やかな青年だったのだ。

いったいどうして、狼獣人の気質とはかけ離れて育ったのか。

ここで、意外な事実が発覚する。

ガルさんは狼獣人に育てられたのではなく、王都に住む夫婦に子どもの頃に引き取られ、のびのび暮らしていたと。

「な、なるほど。そうだったのですね」

ガルさん曰く、通常の狼獣人はとても厳しい環境の中で暮らしている。

人が住めない湿地であったり、水も枯れかけた砂漠地帯であったり。そんな環境で生きるので、どうしても気質が荒くなってしまうのだとか。

中でも、赤毛の狼獣人は火山地帯に住む種族らしい。過酷な環境で生きるので、食べ物といったら生きとし生ける物。その中に、人も含まれるのだ。

そんな赤毛の狼獣人は、遠く離れた異国に住んでいる。この国にはいない。

ならばなぜ、ガルさんはここにいるのか。

最近発覚したことらしいのだが、ガルさんは奴隷商の手によってここにやって来たのだ。

二十五年前——貴族の間で珍しい種族間の奴隷の取引が大流行した。それに待ったをかけたのが、今は亡き先王。

奴隷市場となっていた屋敷は騎士達に包囲され、関係者は根こそぎ拘束された。各国より連れ去られた人達も、各々の国に返還された。

けれど、国交のない地方から連れ去られたガルさんだけが、行き場がなかった。

そこで、当時奴隷の救出任務に当たっていた騎士が、養子にしたいと名乗りでたのだ。

「ガルさんを助けてくれたお父様が、騎士様だったのですね」

目を細めつつ、コクリと頷くガルさん。

お義父さんは寡黙かつ背中で語るような人で、お義母さんは優しく、穏やかな人らしい。

ガルさんはご両親の気質を受け継いだ、親孝行な青年なのだ。

この話を聞いて、ガルさんへの尊敬値が今まで以上に跳ね上がった。

同時に、私も家族を大切にせねばと思う。


休日。

ガルさんを見習って、家族に何かおいしい物を送ろうと、市場に繰り出す。

すると、驚きの光景を目にすることになった。

ガルさんが、栗毛の美女と歩いていたのだ。しかも、女性はガルさんに腕を絡ませて歩いている。まさか、彼女⁉

ちょっと、いや、かなり気になる。

このまま尾行するのも悪いので、声をかけてしまった。

「ガルさ～ん」

そこそこ距離があったけれど、耳のいいガルさんは私の声を拾ってくれた。手を挙げて、反応してくれる。

走って追いつくと、ジロリと美人な連れの女性に睨まれてしまった。デートを邪魔してごめんなさい。サクッと話して、サクッと帰るのでと、心の中で謝る。

「あの、私はガル卿の同僚である、メル・リスリスと申します」

同僚であることをしっかり主張しておいた。

ガルさんは女性を紹介してくれる。フレデリカ・ノール。母方の従妹らしい。彼女ではないようだった。

なんでも、夜会に参加するために、王都にやって来たと。

まだ結婚相手が決まっていないのに社交場にも行かず、ガルさんの行くところについて行くと言って聞かないらしい。珍しく、困ったような口ぶりで話していた。

それは、その、フレデリカさんはガルさんのことが好きだからなのでは？　という言葉が浮かんだが、本人を目の前にした状態で言えるわけもなく。

邪魔者はこの辺りで退散しようと思っていたら、フレデリカさんに肩をがっつりと掴まれてしまった。

「リスリスさん、よろしかったら、私とお茶をしませんこと？」

「え⁉」

しかもガルさん抜きで初対面のお嬢様とお茶とか……。人見知りをする私はたじろいでしまう。が、問答無用で連れて行かれてしまった。ガルさんとは、ここでお別れである。

む、無念。

＊

フレデリカさんが私を連行……じゃなくて、連れてきてくれたのは、白亜の佇まいがオシャレな喫茶店。店内は落ち付いた雰囲気で、バターの焼けるいい香りが漂っている。

「どうぞ、お好きな物をお食べになって？」

「あ、ありがとうございます」

こんな高級な喫茶店なんて、二度と来ることもないだろう。遠慮なく、選ばせてもらう。

「う〜〜ん」

この、『ワッフル』という焼き菓子が非常に気になる。しかし、種類が豊富だ。

チョコレートに、ベリー、キャラメルナッツ、樹液楓《アルセ》シロップ。どれもおいしそう。

さんざん迷った挙句、キャラメルナッツ味に決めた。飲み物は薬草茶。

ワッフルは一枚一枚お店で生地から手作りらしく、提供まで三十分ほどかかると言われた。

私は待てますと、元気よく返事をした。

注文が終わると、フレデリカさんが話しかけてくる。

「本題に移ってもよろしくって？」

「あ、はい」

そうだ。今から尋問が始まるのだ。いったい、何を聞きたいのか。

ワッフル分は話そうと思う。

「あなた、ガルの恋人ですの？」

「いいえ、違います」

「本当に？」

「はい。ワッフルに誓って」

「え？」

「あ、神に誓って、違うと言えます」

「そ、そうですの」

強張っていた顔が和らぐ。どうやら、恋敵だと思われていたらしい。だから、あんなに睨まれていたのか。

「騎士として、人としてガル卿のことは尊敬していますが」

「良かった……」

胸を押さえ、ホッとした様子を見せていた。

それにしても、ガルさんってば、こんなに熱烈に愛してくれる女性がいるなんて。

「あの、ごめんなさい。無理矢理こんなところに連れてきてしまって」

「いえ、大丈夫ですよ」

値段はそこまで高くないが、ここみたいな格式高い喫茶店なんて一人で入る勇気などない。連れてきてくれて、感謝している。

「でも、ガルのことを好きなんじゃないかって、疑ってしまって……」

「そう考えるのも仕方がないですよ。ガル卿は素敵なお方ですし」

「あなたもそう思います？　って、もしかして、あなたも──!?」

「いえいえ、とんでもないです。恋愛感情は抱いていないですよ！」

「そ、そう。また、私は……」

「どうぞ、お気になさらず」

私の脳内はワッフルでいっぱいだ。本当に、気に病まないでほしい。

「実は私、叔母にガルと結婚できないか、相談していまして──」

「おお……」

なんて直球なお嬢様なのか。その勇気が羨ましくなる。

「で、叔母さんはなんと？」

「ガルが望むのなら、と」

「おお……」

ガルさんのお父君は伯爵家の生まれだが、三男なので爵位の継承はない。一方で、フレデリカさんは子爵家の娘らしい。家柄的にはつり合わないけれど、フレデリカさんは五女。

「うちはあまり裕福な家ではないので、結婚相手にはうるさくないのですが――」

玉の輿なども狙っていなかったという。

「それは、何でですか？」

財力のある者と縁を結びたがる貴族の話はよく聞くけれど。

「いい家に輿入れするには、お金も必要ですのよ」

ドレス、アクセサリー、家具、馬、使用人など、嫁ぐ際にさまざまな物を持って行かなければならないらしく、二流品、三流品を掻き集めて行くと、馬鹿にされるらしい。

「上のお姉様の結婚で、お父様は大変苦労をしましたの」

「そ、そうだったのですね」

それで、フレデリカさんは、好きな人と結婚しなさい、できれば、お金のかからない人で、と言われていたらしい。

「社交界デビューは二年前、十六の頃でした」

叔母が住むガルさんの家でお世話になる際に、運命の出会いを果たす。

「供も連れずにやって来た私は、王都へ一歩足を踏み入れた途端、荷物の盗難に遭いましたの」

なんと、鞄を地面に置き、ふうとひと息吐いた瞬間に、鞄を盗まれてしまったらしい。

「でも、すぐに鞄は返ってきましたわ」

ひらりと翻る、騎士の外套。

ぴょこんと生えた耳に、逞しい体躯、真っ赤な尻尾――ガルさんが、泥棒を瞬時に拘束したのだ。

巡回の騎士もやって来て、あっという間に犯人は逮捕となった。

「鞄を差し出してくれたガルを見て、私は王子様だと思いましたわ。一瞬で、好きになりましたの」

「それは惚れますね」

「でしょう？」

そんなわけで、そこからフレデリカさんの恋が始まり、想いは二年も温めていたらしい。

「でも。毎日好きだと言っているのに、なかなか応えてくれなくて」

「それは――ガル卿の気持ちもわからなくもないような」

「どうしてですの？」

「人と獣人の結婚例は少ないですし、身分差も……」

おまけに、ガルさんは養子だ。結婚を申し込める立場にはないと思っているのかもしれない。

「私、どうすればいいの？」

「う～～ん」

難しい問題だ。解決策は――。

「もう、フレデリカさんが、いいから娶りやがれと命令するしか」

「そんなの、許されることですの？」

「いいと思いますよ。ガルさんが、フレデリカさんのことを好きなことが前提ですが」

フレデリカさんは、どうしようか考え込んでしまう。

ここで、給仕がやって来た。

「お待たせいたしました。キャラメルナッツワッフルと薬草茶のお客様」

「私です！」

元気よく返事をする。目の前に、焼きたてほやほやのワッフルが置かれた。

「おお……！」

フレデリカさんは紅茶しか頼まなかったようだ。一口食べるかと聞いたら、胸がいっぱいだと言う。ならば、一人で楽しむしかない。

さっそく、いただくことにした。

ワッフルとは、網目の入った平たいパン？　みたいな物だった。キャラメルソースがたっぷりかけられており、その上に砕いたナッツがかかっている。

ナイフを入れると、サクッとしていた。一口大に切り分け、ソースとナッツを掬ってかけてから頬張った。

表面はカリカリ、中はむっちりと密度の濃い生地だ。

ワッフル自体はそこまで甘くないが、キャラメルソースが絡んで風味が増す。加えて、ナッツの香ばしさが加わり、深い味わいとなる。

この甘いワッフルと、ほろ苦い薬草茶が良く合うのだ。交互に食べて、飲んで、あっという間に食べきってしまった。

ワッフルは素晴らしくおいしいお菓子だった。

満足しつつ、口を拭う。

フレデリカさんは、まだ悩んでいるようだった。

そろそろ帰ろうかと声をかけ、店を出る。

「代金はいただいております」

「え？　私はまだ何も――」

「狼の旦那様がいらっしゃって、お支払いになりました」

ガルさ～～ん！　なんてさりげないことをしてくれるのか。

なんと、ガルさんは外で私達を待っていた。

フレデリカさんはこのお店の常連で、きっとここにいるだろうと、迎えに来てくれたようだ。

「ガル……」

甘い感じで見つめ合う二人。私はこのまま帰ったほうがいいのか。でも、奢ってもらったし、一言お礼を言いたい。しかし、タイミングが。

今、さっと言って帰るか。それとも、もう少し待つか。

うだうだしているうちに、フレデリカさんが一歩、前に踏みだす。

「――ガル、お願いがありますの」

ま、まさかの？

完全に、帰るタイミングを失ってしまった。

「わ、私と、結婚しなさい！」

お願いとか言いながら、フレデリカさんの口から出てきたのは命令だった。

ぽかんとするガルさん。気持ちはよくわかる。

しかし、すぐにガルさんは首を横に振った。社交界に素敵な人がいっぱいいるだろうと。

「そんなことありませんわ」

「そ、そうですよ！」

及ばずながら、私も加勢する。意味はないかもしれないけれど。

「ガルさん、自信を持ってください。男性としてとても魅力的ですし、フレデリカさんともお似合いですよ」

フレデリカさんとガルさんは、驚きの表情で私を見ていた。

ふと、ここで我に返る。………いったい、何をしているんだろ。人の結婚話に首を突っ込むとか。

「と、とにかく、フレデリカさんが嫌いじゃないのならば、無下にしないでください。大っ嫌いならば、ここできっぱり言ったほうがいいと思います」

ガルさんを追い詰めるのも良くない。だから、私は逃げ道も示す。

でも、ガルさんはきっと、フレデリカさんのことが好きだと思う。だって、二人で歩いている時、とても優しい目をしていたから。

この瞬間、帰るタイミングだと察す。

「ガルさん、ワッフルご馳走様でした。今日はこれで！」

私は走って去る。

そして、寮に帰ったあとで気付いたのだが、家族の買い物をするために出かけたのに、手ぶらだったことを。結局、ワッフルを食べて、ガルさんとフレデリカさんの二人の問題に首を突っ込むことしかしなかった。何をしているんだか。

でも、ワッフル、おいしかった。また、誰かを誘って食べに行きたい。

＊

翌日、休憩所でガルさんに呼ばれる。

何かと思っていたら、昨日のことについて、こっそりと教えてくれた。

「え、本当ですか⁉」

なんと、ガルさんはフレデリカさんと婚約を結んだらしい。なんて素晴らしいことなのか。

結婚の時期は未定だけど、とりあえず話は纏まったようだ。

「おめでとうございます。すごい！」

ガルさんは頭を下げる。私の言葉に、背中を押されたと。

「そんなことないですよ～、腹を括ったのはガルさんですから～」

本当に嬉しい。

二人に幸あれと思った。

――ハッ！

ここで、あることに気付く。

フォレ・エルフの村では貰い手がなかった私も、この自由な王都ならば、お嫁さんにしてくれる猛者《ひと》が現われるかもしれないと。

好きな人ができたら、フレデリカさんみたいにぐいぐいと迫ったら結婚できるかもしれない。

「その時は、ガルさんも応援してくださいね！」

そんな無茶振りにも、ガルさんは優しく微笑みながら頷いてくれたのでした。

おまけ　お祭りのひととき

年に一度の国王生誕祭では、城下町で盛大なお祭りが開催される。

話を聞くだけならば楽しそうだが、騎士達にとっては頭が痛くなるような催しらしい。

生誕祭は国中から多くの人々が集まる。そのため、いたる所で諍《いさか》いが起こるようだ。

当日は巡回を主な任務とする警邏《けいら》部隊だけでなく、さまざまな部隊から騎士達が派遣される。例に漏れず、第二遠征部隊も警備に駆り出されるようだ。

ルードティンク隊長からその話を聞かされた隊員は、それぞれ異なる反応を示す。

真面目なベルリー副隊長はキリリとした様子で話を聞き、寡黙なガルさんはいつものように無反応、ウルガスは「うげー」と言わんばかりの表情を浮かべ、ザラさんは感情が読めない笑みを浮かべていた。

お祭りについては、以前、いろいろと話を聞いていた。人に押しつぶされそうな中で、問題解決のために奔走するという、とても辛い任務らしい。

「それで、祭りの日は二名ずつに分かれて巡回をしてもらう」

第二部隊の面々が揃ってお祭り会場を練り歩いていたら、威圧感がある。悪事を企む人だけでなく、一般客も怖がらせてしまう。二名ずつくらいがちょうどいいのだろう。

「まずは、ベルリーとガル。お前達の担当は西区だ」

ルードティンク隊長は巡回する範囲が描かれた地図を手渡す。

ここで、私とウルガスは目と目を合わせた。おそらく、私達はまったく同じことを考えているのだろう。

残るメンバーは私とウルガス、ルードティンク隊長とザラさんだ。

おそらくだが、戦闘能力のバランスから考えると、私とウルガスが組むことはない。どちらかが、ルードティンク隊長と組むことになるのだ。

ルードティンク隊長よりも、ザラさんと組みたい。そんな思いを、ウルガスも抱いているのだろう。

ルードティンク隊長は嫌だ、ルードティンク隊長は嫌だ。

手と手を合わせ、ウルガスと私は神に祈る。

「えー、続いて、ウルガスと俺――」

「ぎゃああああ!!」

ウルガスは頭を抱え、絶叫した。即座に、ルードティンク隊長から「うるさい!!」と注意されている。

「ウルガス、お前、なんの叫びだ！」

「何って、夏祭りは可愛い女の子とキャッキャウフフと楽しむ催しなんですよ！　騎士なんで、毎年それは諦めているのですが、せめて、リスリス衛生兵か美人なザラさんと回れたらいいなって思うくらい、いいじゃないですか！　その結果、組むのがルードティンク隊長だとわかって、大きなショックを受けただけです！」

「お前、正直過ぎるのもどうかと思うぞ」

ルードティンク隊長は怒鳴るのかと思いきや、冷静に諭し始めたので、笑いそうになる。

そんな騒動の中、いつの間にか隣にいたザラさんが微笑みかけてきた。

「メルちゃん、お祭りの日はよろしくね」

「はい！」

ザラさんと一緒ならば、安心だろう。

任務時間は二時間で、終了後はお祭りを楽しんでもいいらしい。

王都にやってきてから、初めてのお祭りである。なんだかドキドキワクワクしてしまった。

＊

茹《う》だるような暑さの中で、国王生誕祭は開催される。

私はザラさんと一緒に、任された東区の会場を巡回するのだ。

お祭りが始まる前にやってきたのだが、すでに多くの人々が行き交っていた。

「うわー、すごい人ですねえ」

「メルちゃん、貴重品は大丈夫？」

「もちろんです！　盗まれないように、置いてきました！」

「だったら安心ね」

お祭りでもっとも多い被害が盗難なのである。私は銅貨の一枚たりとも盗まれたくないので、第二部隊に設置されている金庫に預けてきた。

「では、行きましょうか」

「はい」

悪事を企む人は、お祭りの時間に関係なく出没する。そのため、開始前から巡回するのだという。

お祭り会場には、さまざまな出店があった。脂が滴る串焼き肉に、皮がパリッと焼かれた川魚、果物入りのサイダーに、色とりどりの果物の飴絡めなどなど。

時間が経つにつれて、どんどん人が増えていく。濁流のような人波に、呑み込まれそうになっていた。

「うわっぷ！」

「メルちゃん、こっちよ」

ザラさんが伸ばした手に救助され、難を逃れる。

「私のマントに掴まっていてもいいからね」

「うう、ありがとうございます」

皆、よくこういう状態で祭りが楽しめるものだと思ってしまう。森育ちである私が、人の多さに慣れていないだけなのかもしれないが。

途中、路地裏で蹲る男性を発見する。どうしたのかと聞いたら、お腹が痛いらしい。

「さっき食べた食いもんに当たったのかもしれない……！」

この暑さだ。食べ物が傷んでいたのだろう。

中央広場にある救援室に行ったようだが、長蛇の列だったらしい。途中で諦め、家に帰ろうとしていた中で、腹痛に襲われたのだとか。

「あの、これ、よかったらどうぞ。痛み止めです」

ウルガスがよくお腹を壊すので、薬草を煎じた薬を持ち歩いていたのだ。

騎士隊の衛生兵だと名乗ると、男性は受け取ってくれた。

「うう……騎士様、感謝します」

「いえいえ。お大事に」

それから出店の列に横入りしたという喧嘩を仲裁し、道ばたで寝ていた酔っ払いを家まで送り届け、迷子の子どもの親探しを行った。

任務時間の終わりを告げる鐘を耳にした瞬間、ホッと胸をなで下ろす。

「メルちゃん、お疲れさま」

「ザラさんも、お疲れさまです」

「やっと終わったわねえ」

「ええ」

祭りにやってきた当初は、出店の食べ物がおいしそうだと思っていた。けれども、灼熱と言っても過言ではない中を巡回した結果、食欲なんて失せてしまう。

ザラさんも同じことを考えていたらしい。

「せっかくだから、削り氷でも食べない？」

「削り氷、ですか？」

「そう。削った氷に、甘酸っぱい蜜がかかっていて、とってもおいしいの」

それならば、食欲がなくても食べられそうだ。

「じゃあ、行きましょう」

「はい！」

騎士隊のマントは裏表兼用となっており、裏返すと一般人を装える。普段は潜入用だが、今日はお祭りを楽しむために使わせてもらう。

そろそろ花火の時間だというので、出店通りを歩く人達は少なくなっていた。

削り氷も待たずに購入できるようだ。

「いらっしゃい。なんにするかい？」

なんでも、削り氷にかける蜜は数種類あるらしい。森林檎《メーラ》に木苺《ルブス》、蜜柑《キトルス》に蜂蜜《ミエレ》、樹液楓《アルセ》などなど。

迷った結果、私は一番人気の木苺《ルブス》にした。ザラさんは森林檎《メーラ》にしたようだ。

支払いをするときになって、私はハッとなる。

「あ、私、お財布を持っていないです！」

「今日は私の奢りよ」

「そんな、悪いです」

「だったら今度、メルちゃんの手料理を食べさせてくれる？」

「そんなものでよければ、いつでも」

「ありがとう。楽しみにしているわ」

ザラさんのお言葉に甘え、削り氷を奢ってもらう。

削り氷は熟練の職人が、大きなナイフを使って氷塊を削っていく。あっという間に、器に大盛りの削り氷が積み上がっていった。そこに、たっぷりと蜜をかけるようだ。

削り氷を受け取ると、ザラさんが「メルちゃん、こっちよ」と言って誘ってくれる。

辿り着いたのは、ザラさんが以前勤めていた食堂の屋上であった。なんでもオーナーから立ち入りを許可されていたらしい。

屋上にはベンチがあって、そこに腰かけて削り氷をいただこう。

人込みから解放された中で食べる、削り氷は最高だった。

「うう、冷たくておいしいです」

「でしょう？」

ザラさんが選んだ森林檎《メーラ》味も食べさせてくれるらしい。

「はい、メルちゃん、あーん」

私が使っていた匙で掬うと、そのまま口元へと運んでくれる。まさかあーんされるとは思わなかった。恥ずかしいけれど、勢いのままいただいた。

「あ……甘酸っぱくて、おいしい、です」

「そう、よかった」

ザラさんへもお返しに木苺《ルプス》味をあげる。私もお返しにあーんしたほうがいいのかな、と思って口元へと運んだ。ザラさんは頬にかかっていた髪を耳にかけつつ、削り氷を頬張る。

「うん、メルちゃんのもおいしいわ」

あーんするほうも恥ずかしいのだと、身に染みて感じるひと時であった。

食べ終わってひと息ついていると、夜空に花火が上がる。

「あ――――！」

花火というものを、初めて見たのだが、なんて美しいのか。

「きれい」

「ええ」

ザラさんとふたり、夜空の花火に見とれてしまう。フォレ・エルフの森では絶対に見られなかった光景だ。

ザラさんは花火を見せるために、ここに連れてきてくれたのだろう。

「あの、ザラさん、ありがとうございました。おかげで、花火を楽しむことができました」

「私も、メルちゃんと花火を見ることができて、楽しかった」

ザラさんは「来年も一緒に見ましょうね」と言ってくれたので、もちろんだと頷いたのだった。

思いがけず、お祭りを堪能してしまった。

特別収録　とろとろチーズと森南瓜《キュルビス》の挽肉グラタン

静かだった森の雰囲気を一瞬にして変えたのは、魔物の存在である。

群れで行動する、大兎《コニッリア》が四体襲いかかってくる。

『ギャウ!!』

「ふんッ!!」

襲い来る大兎《コニッリア》を、ルードティンク隊長が大剣で両断する。続いて飛び出してきた個体は、ベルリー副隊長が後ろ足の腱を裂き、ガルさんが心臓をひと突きして仕留める。

ルードティンク隊長は大剣に付着した血を、振り払う。それは魔物の目元に飛んでいって、目つぶしとなった。もがく大兎《コニッリア》の首を、ザラさんは戦斧で刎ねた。

ウルガスは隊員達の動きを見計らいながら、矢を放つ。

最後の一匹の額に、矢は命中した。よろけたところを、ベルリー副隊長が止めを刺す。

これで、大兎《コニッリア》は全滅した。

「やった!」

瞬く間に倒してしまった。これで、本日の大兎《コニッリア》の討伐数は三十だ。

今年は大兎《コニッリア》のえさとなる土鼠《ラータ》が大繁殖し、個体数が多くなってしまったらしい。

ちなみに土鼠《ラータ》が増えた理由は、雨期が短く、本来ならば半分以下となる子土鼠《ラータ》の生息数が減らなかったためなのだとか。

この辺は、魔物研究局と呼ばれる機関が調査し、発表している。魔物の亡骸を嬉々として集める怪しい集団だと思っていたけれど、きちんと仕事をしているようだ。

戦闘後、みんなに怪我がないか確認して回る。

「ウルガス、額に傷があります」

「あ、本当ですね。弦で弾いたときに、切ったのかもしれません」

額の傷を洗浄し、傷薬を塗った。

「これでよしっと」

「ありがとうございます」

続いて、ベルリー副隊長のもとへ行く。

「ベルリー副隊長、怪我はないですか？」

「ああ問題ない」

全身くまなくチェックする。ベルリー副隊長は大丈夫そうだ。

次にザラさん。

「メルちゃん、大丈夫だった？」

ザラさんは逆に、私の心配をしてくれる。どうやら怪我はないようだ。

「ルードティンク隊長は大丈夫みたいよ」

「ありがとうございます」

ザラさんはいつも、ルードティンク隊長の怪我の報告もしてくれる。一応、確認しに行くけれど。ルードティンク隊長は今日もピンピンしていた。

最後に、ガルさん。

「あ、ガルさん。尻尾の毛が絡まってます！」

ガルさんの尻尾は長くてふさふさなので、お手入れが大変なのだ。たまに、遠征先にいたダニに寄生されて、大変なことになることがある。

尻尾に虫除けの薬草スプレーを吹きかけ、丁寧に梳《くしけず》った。

とりあえず、みんな大きな怪我はなさそう。ホッとしていた矢先、ルードティンク隊長が私に話しかけてくる。

「おい、リスリス」

「なんですか？」

「このウサギ、食えるんじゃね？」

ルードティンク隊長はそう言いながら、首のない大兎《コニッリア》を掴んで私に見せる。

首から血がドバドバと滴って、不気味だった。

「ぎゃあ！　も、持ち上げないでください！」

硬直しているとザラさんが走ってやって来て、ルードティンク隊長の手から大兎《コニッリア》の亡骸を奪い、遠くに投げてくれた。

「隊長！　魔物の血には濃い魔力が溶け込んでいて、人間には毒になるかもしれないのよ！　軽々しく扱わないで！」

「す、すまん……」

「私じゃなくて、メルちゃんに謝るの！」

「リスリス、すまなかった」

「いいですよ、別に」

今回は特別に許してあげることにした。

それにしても、さすがザラさん！　こんな風に凛とした態度で注意できたら、ルードティンク隊長も私をからかってこないのに。

本日の任務はこれにて終了。陽が落ちかけているので、帰らずに森の中で野営を行う。

夜間は魔物の活動が活発になり、馬で移動をしていると恰好の獲物となってしまうのだ。

開けた場所まで移動し、魔物よけの聖水をふりかける。

中心に焚き火を作り、皆で囲んだ。

ルードティンク隊長は険しい表情で地図を眺めている。ベルリー副隊長は報告書に記入しているようだ。ガルさんは槍の手入れをしている。ザラさんは戦闘で破れたルードティンク隊長の上着を繕っていた。ウルガスは弓の弦の張り具合を見ている。

私は夕食の用意をすることにした。

鞄の中から、本日森で見つけた食材を取り出す。

「あれ、リスリス衛生兵、それ、どうしたんですか？」

ウルガスが気付き、覗き込んでくる。

「休憩時間に発見したんです」

それは拳大の野菜――森南瓜《キュルピス》。

「へぇ、森にカボチャが自生しているのですね」

「ええ。大変めずらしいですが」

鳥が種を運んで来たのだろうか。木に巻き付くようにして、実っていた。

さっそく、調理に取りかかる。

森南瓜《キュルピス》を半分に割って、種をくり抜く。それをまるごと煮込む。

続いて、昼間ルードティンク隊長が狩った鳥を挽肉にして、塩胡椒で下味を付ける。

茹で上がった森南瓜《キュルピス》に鶏挽肉を詰めて、石を積んで作った簡易かまどで焼く。

火力が心配だったけれど、しっかり中まで火は通っていた。

仕上げに、チーズをふりかけて焼き目を付ける。

「よし！　でき上がりました」

森南瓜《キュルピス》の挽肉グラタンの完成だ。

ウルガスが目をキラキラさせながら見ている。

「うわぁ、おいしそうですね」

「むふふ。これは、おいしいですよ」

グラタンにパンを添えて、食事の時間とする。

「あら、おいしそう」

「このレベルの料理を、遠征先で食べられるとは。リスリス衛生兵はすごいな」

ザラさんとベルリー副隊長に褒められて、嬉しくなる。

さっそく、食前の祈りを終えたあと、いただくことに。

「うわぁ、おいしい！」

ウルガスは料理を食べた瞬間、笑顔になった。ガルさんは尻尾を振りながら食べている。

森南瓜《キュルピス》は驚くほど甘い。鶏挽肉は歯ごたえがあって、噛むとじゅわっと肉汁があふれる。

とろ～り蕩けるチーズの塩気がほど良く、全体の味わいを引き締めてくれた。

初めて作った料理だけど、上手く作れていたようだ。

他の人達も、お口に合ったようだ。あっという間に平らげてくれる。

今日一日、大変だったけれど、最後に皆の笑顔が見られて良かった。
これからも、おいしい食事を食べさせてあげたい。
しみじみと、思ったのだ。

（GCノベルズ版 メロンブックス店舗特典）

●食材メモ●

◎植物◎

薬草ニンニク……疲労回復効果がある。料理にたまらない風味をもたらすが、匂いは強い。

胡椒茸（ペペリ）……アンズタケっぽい食べ物。黄色で若干毒がある。たくさん食べなければ平気。

迷迭香（ローゼマリー）……ローズマリー。消化促進、抗菌作用がある。

薄荷草（ミンツェ）……ミント。食欲増進、消化吸収の促進あり。

花薄荷（オレガノ）……肉の臭み消しなどに使う。消化不良、気管支炎などに効果あり。

土茴香（ディル）……消化を促し、腹痛を和らげてくれる。魚料理との相性がよい。

明晰薬草（クラリセージ）……リラックス効果が期待できる。甘い香りが特徴。

檸檬芽（リモングラシ）……レモングラス。抗菌、殺菌作用がある。

目箒草（バジリコ）……バジル。便秘解消の効果がある。

林檎草（カモマイル）……カモミール。鎮静作用あり。

薫衣草（ラバンダ）……ラヴェンダー。頭痛を和らげる。

立麝香草（タイム）……肉や魚の臭み消しに使う。ツーンとした香りが特徴。

月桂樹（ラウレール）……ローリエ。消化促進の効果あり。

健康草（セージ）……薬用サフランとも呼ばれている。防腐効果もあるので、保存食作りに最適。

唐辛子〔ピマン〕……発汗及び、強心作用がある。
山栗〔ルマロン〕……栗。粒は大き目。茹でるとホクホクになる。
森胡桃〔ノワイエ〕……殻が硬い胡桃。美肌効果がある。
森林檎〔メーラ〕……拳大の林檎。森によく生えているが、栽培もされている。森にある物は酸味が強い。
禾穀類〔グレイン〕……シリアル的なもの。栄養が豊富。
毛むくじゃらの果物……ランブータン。ライチっぽい果物。
龍目〔ロンガン〕……メロンっぽい味。中の種が竜の目に似ていることから名付けられた。
芭蕉実〔バナネ〕……バナナ。みんな大好き南国果実。
蜜柑〔キトルス〕……みかん。コタツに入って食べたい果物ナンバーワン。

冬苺〔フレサ〕……いちご。冬に実る珍しい品種。
木苺〔ルブス〕……いちご。春に実をつける、一般的な木苺。
生姜〔ゼンゼロ〕……ジンジャー。体の活性効果がある。
森南瓜〔キュルビス〕……カボチャ。優しい甘さがある。
玉葱〔ルーク〕……タマネギ。みじん切りをしていると、涙が出る。
大根〔ラバネロ〕……ダイコン。生で食べるとピリッと辛みを感じる。
赤茄子〔トマテ〕……トマト。太陽のような見た目の野菜。
葉芋〔タロ〕……サトイモ。ねっとりとした食感がたまらない。
雪茸〔シャンピニオン〕……雪の中から生えるキノコ。噛むと旨みが溢れる。
大豆〔ソヤ〕……保存性に優れた乾燥豆。水で戻すと二倍の大きさになる。

◎ 生き物 ◎

猪豚〔スース〕……猪っぽい豚。家畜化しているが、獰猛。

三角牛〔カローヴァ〕……牛っぽい生き物。額に角が三本生えている。

山熊〔ウルス〕……熊っぽい生き物。凶悪な見た目に反し、肉は美味。

山兎〔ヒース〕……ずんぐりとした兎。冬になると白い毛が生える。

雪鳥〔アペ〕……冬に卵を産み、子育てをする鳥。

湖鳥〔プーレ〕……白鳥っぽい水鳥。意外と美味しい。

虹雉〔ファイサン〕……七色の羽を持つ美しい鳥。乱獲され、減少傾向にある。

川鼈〔スッポン〕……スッポンっぽい生き物。精力がつく。

山蛙〔フロッシュ〕……ウシガエルっぽい生き物。鶏肉のような、淡白な味わい。

大鮭〔サルモン〕……大型の鮭。急流の川を泳ぎ、大きく成長する。

羽根鶏〔コトプロ〕……白い羽根を持つ鶏。もも肉がおいしい。

烏賊〔セピア〕……イカ。見た目は魔物のようだが、おいしい魚介類。

尾長海老〔アスタコス〕……オマールエビっぽい生き物。ぷりぷり食感。

陸海老〔ルブケ〕……陸を闊歩する海老。いい出汁が出る。

海老〔シュリンプ〕……海を泳ぐ海老。背ワタを取らないと、じゃりっとした食感になる。

牡蠣〔オストラ〕……カキ。海の汚れを浄化する生き物。そのため、生のままで食べた場合あたりやすい。

森林蟹〔フォレ・ガヴリ〕……ヤシガニっぽい生き物。非常に硬い殻を持っている。

沢蟹〔ルクラブ〕……川に生息する蟹。煮ると赤くなる。

鱗鮪〔マグロン〕……マグロ。眠る時も泳いでいるという魚。赤身には脂が乗っていて美味。

薄鮃〔カレ〕……ヒラメ。白身魚。焼いても煮ても揚げてもおいしい。

鱈〔モリュ〕……タラ。淡白な味わいだが、干すことによって旨みが増す。

帆立貝〔スカラプ〕……二枚貝。肉厚で、食べ応えがある。

◎その他◎

蜂蜜〔ミエレ〕……強力な殺菌作用がある。その昔、火傷の治療にも使われていたとか。

樹液楓〔アルセ〕……メープルシロップ。雪解けの時期の樹液を煮詰めて作る。

果物の砂糖煮〔メルメラーダ〕……ジャム。果物と砂糖を、くたくたになるまで煮込む。

蜂蜜酒〔メロメル〕……蜂蜜と天然酵母で作るお酒。すっきりとした味わい。

牡蠣ソース〔オストラソース〕……オイスターソース。カキを使って作る万能ソース。

氷菓〔グラース〕……アイスクリーム。庶民にとって、非常に贅沢な食べ物。

珈琲〔カフワ〕……コーヒー。布のフィルターで、丁寧に抽出させてから飲む。

膠〔にかわ〕……この世界でのゼラチンのような物。原料：スライム。

鰹節〔ボニート〕……一見木のように見えるが、立派な食材。削って出汁に使う。

文庫版あとがき

こんにちは、江本マシメサと申します。

この度は『エノク第二部隊の遠征ごはん2』の文庫版をお手に取ってくださり、まことにありがとうございました。

二巻は鷹獅子《グリフォン》のアメリアが登場する回ということで、モフモフについてお話ししたいな、と思います。

みなさま、モフモフは大好きでしょうか？

実は私、モフモフとした生き物全般が苦手でした。

特に犬が大の苦手で、リードで繋がれた散歩中の犬でさえ、恐怖を覚えていたくらいです。

一回、迷い犬に追いかけられたこともありました。ちょびっと噛まれてしまったので、トラウマでもあったのです。

そんな私に転機が訪れたのは、小学五年生の頃でした。

一軒家に引っ越した我が家に、突然、黒いラブラドールレトリバーがやってきたのです。人間大好きな犬種ですから、元気いっぱいで、こちらが避けようがお構いなしの犬でした。

ただ、怖かったのはたぶん一ヶ月くらいで、そのあとは犬が大好きになっていたのです。子どもの頃の私にとって、犬は得体の知れない生き物だったので、恐怖を覚えていたのでしょう。一緒に暮らし始めたら、犬が陽気かつ社交的で、面白くていい奴だということがわかります。

それからというもの、私はモフモフ、フワフワとした生き物全般が大好きになりました。あんなに恐ろしかった散歩をしている犬も平気になり、今では勝手に他人様《よそ》の家の犬を愛でるまでに至っております。

大きなモフモフの家族兼友達ができたことは、私の作品作りにも大きな影響を及ぼしていました。実を言えば、私の作品に登場するモフモフキャラのモデルのほとんどは、飼育していた犬なんです。

私にとって飼っていた犬はフリー素材ですので、いろんな面白い部分を切り取って、キャラクター作りをしておりました。

デビューしてから、モフモフキャラを評価いただくことが多かったのですが、完全に犬のお手柄でした。

犬、本当にありがとう。

アメリアにも、飼っていた犬のキャラクターがどこかに溶け込んでいると思われます。

遠征ごはんには3巻以降にも、モフモフとしたキャラクターが登場しますので、注目いただけたら嬉しいです。


最後まで読んでくださり、ありがとうございました!

『エノク第二部隊の遠征ごはん文庫版3』も、どうぞよろしくお願いします。

ファンレター、作品のご感想をお待ちしています!

【宛先】
〒104-0041
東京都中央区新富 1-3-7　ヨドコウビル
株式会社マイクロマガジン社
GCN文庫 編集部

江本マシメサ先生 係
赤井てら先生 係

【アンケートのお願い】

右の二次元バーコードまたは
URL (https://micromagazine.co.jp/me/) を
ご利用の上、本書に関するアンケートにご協力ください。
■スマートフォンにも対応しています(一部対応していない機種もあります)。
■サイトへのアクセス、登録・メール送信の際の通信費はご負担ください。

本書はWEBに掲載されていた物語を加筆修正し書籍化した作品を、改題のうえ文庫化したものです。
この物語はフィクションであり、実在の人物、団体、地名などとは一切関係ありません。

GCN文庫

エノク第《だい》二《に》部《ぶ》隊《たい》の遠征《えんせい》ごはん 文庫版《ぶんこばん》②

2023年2月26日　初版発行

著者　江本《えもと》マシメサ

イラスト　赤井《あかい》てら

発行人　子安喜美子

装丁／DTP　横尾清隆

校閲　株式会社鷗来堂

印刷所　株式会社エデュプレス

発行　株式会社マイクロマガジン社
〒104-0041　東京都中央区新富1-3-7　ヨドコウビル
［販売部］TEL 03-3206-1641／FAX 03-3551-1208
［編集部］TEL 03-3551-9563／FAX 03-3551-9565
https://micromagazine.co.jp/

ISBN978-4-86716-394-8 C0193

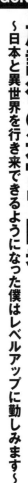